Inhalt: Wassermann arbeitet seit zwanzig Jahren als Entwicklungshelfer in Angola und Mozambique. Auch im trockenen Nordosten Brasiliens hat er schon Brunnen gebohrt und Trinkwasseraufbereitungsanlagen gebaut. Er wird nach Berlin zurückbeordert, um nach all dieser Zeit einen routinemäßigen Eignungstest zu machen. Das psychologische Gutachten wird von der Psychologin Isabella erstellt. Das Resultat bedeutet das Ende seiner bisherigen Tätigkeit. Er wird jedoch zu seiner Überraschung vom BND angeworben und nach Brasilien geschickt, um dort Informationen über die Regierung Lula zu sammeln. Wassermann macht sich an die Arbeit, deren Sinn ihm immer mehr entgleitet. In seiner Jackentasche knistert der Brief von Isabella.

Franz J. Brüseke, geboren 1954 in Hamm- Westfalen, ist seit 1987 Professor für Soziologie an verschiedenen Universitäten Brasiliens und lebt heute mit seiner Familie in Florianópolis, im Süden des Landes. Neben verschiedenen Romanen, davon „Zeus und Goldenberg" (Dittrich Verlag, 2021), ist er Autor mehrerer Bücher zu Entwicklungsfragen und Techniksoziologie.

Franz J. Brüseke

Wassermann

Roman

Bibliografische Informationen der Deutschen Nationalbibliothek: Die Deutsche Nationalbibliothek verzeichnet diese Publikation in der Deutschen Nationalbibliografie; detaillierte bibliografische Daten sind im Internet über http://dnb.dnb.de abrufbar.

2. Auflage, Vorgängerausgabe 2020

Herstellung und Verlag:

BoD – Books on Demand, Norderstedt
ISBN 9783756869268

Wassermann

Warum ich aus Deutschland weg bin? Ob ich Deutschland nicht mag? So kann man das nicht sagen.

Es ist manchmal eher das Gegenteil, es kommt ganz darauf an, woran ich denke, woran ich mich erinnere. Es ist manchmal ein Märchen und ich sehe grünes Gras, weiße Wolken und der Kuckuck ruft. Oder der Eichelhäher schreit und warnt die Rehe, die wild ins Gebüsch springen, die dummen Dinger, ich tue ihnen ja nichts.

Hundert Worte soll ich aufschreiben oder sagte sie Wörter? Auf jeden Fall hundert. Ohne Adjektive, ohne Ausschmückungen, einfach nur ein Wort und Punkt. Hundert mindestens, wenn ich wollte, könnten es auch mehr sein. Sie ist Psychologin, sonst hätte sie gesagt, „und dann schreiben Sie auf, was Ihnen dazu einfällt". Sie aber sagte, „und dann machen Sie eine freie Assoziation dazu." Ich konnte noch fragen: „Zu jedem einzelnen Wort?" Dann war sie auch schon aufgestanden. „Scherzbold!", sagte sie und war verschwunden.

Wort und Punkt. Nach zwei Stunden war sie wieder da. Ich saß immer noch vor dem weißen Blatt und war ratlos.

„Sie wollen doch wieder raus, nicht wahr? Dann müssen Sie den Test machen."

Ich kam mir vor wie ein Schüler, der dabei erwischt worden war, keine Hausaufgaben gemacht zu haben.

„Das steht in Ihrem Arbeitsvertrag. Nach zwanzig Jahren ein Test."

Ich sah in ihre himmelblauen Psychologenaugen und versuchte, sie zu erweichen.

„Ich kann doch gar nicht mehr schreiben."

„Scherzbold", sagte sie wieder.

„Mir ist Ihr Test ja egal. Eigentlich ist es für mich sogar besser, wenn Sie nichts schreiben. Macht mir weniger Arbeit."

Ich wollte ihr schon das leere Blatt zuschieben, als sie noch einen Satz hinzufügte, der mir durch die Glieder fuhr.

„Aber dann werden Sie als untauglich eingestuft und sind arbeitslos."

„Darf ich das zu Hause machen, frei assoziieren?"

„Das dürfen Sie. In einer Woche sehen wir uns wieder."

Schon war sie wieder in Bewegung.

„Mindestens hundert."

So kam es, dass ich anfing, nach Worten zu suchen, zu denen mir etwas einfiel.

Plotten

Aber ich mag gewisse Worte nicht, neue Worte, auch einige alte. Plot zum Beispiel, was ist das ein Plot? Ich kenne wohl den Komplott, eine Verschwörung mit bösen Absichten, aber Plot? Wer hat das zuerst gesagt? Jetzt sagen es alle, und ich musste googeln, um zu wissen, dass es eine Handlung ist, mit Anfang, Mitte und Ende. Aber warum sagt man das nicht gleich? Plotten. Das habe ich auch schon gehört. Das heißt wohl so viel wie: eine Handlung frei erfinden. Wenn das nur gut geht. Ich bin dagegen. Eine Handlung erfindet man nicht, sie passiert einfach. Da macht dieser das und ein anderer jenes und dann geht es drunter und drüber, eine Weile, bis sich alle wieder beruhigt haben.

Den Typen, der plotten gesagt hat, kenne ich von früher, er hat schon mehrere Kriminalromane geplottet und bringt es jetzt anderen bei, das

Plotten. Und da sieht man jetzt genau, dass das keine Handlung ist, die sie erfinden. Denn dann müssten sie töten und würden erwischt und ins Gefängnis will keiner. Deswegen meinen sie, sie wären der Kommissar, der ist intelligent und gut. Wer nicht der Mörder sein will, aus Feigheit, der ist Kommissar. Also, sie erfinden keine Handlung, sondern fantasieren das Böse und wie man es beseitigt. Aber irgendwie gefällt ihnen das Morden, sonst würden sie es ja nicht bekämpfen, um dann schon wieder den nächsten Mord zu erfinden. Deswegen hat dieser Typ, der Kriminalromane plottet, Erfolg. Ich mag ihn nicht. Er lächelt immer und ich weiß, dass er meint, dass ich dumm bin. Wie kann einer nur gegen das Plotten sein? So denkt er und ich denke, eine Handlung kann man nicht erfinden, die tut man. Aber dazu ist er zu feige, zum Töten. Der würde schon den Revolver fallen lassen vor dem ersten Schuss.

Wie kann ein ganzes Volk nur Kriminalromane lesen? Sie liegen im Bett und träumen vom Töten. Sehen Sie? Jetzt wird es für mich unheimlich. Wie kann man nur so friedlich daliegen und sich vorstellen, dass der Sittenstrolch das unschuldige Mädchen stranguliert und kein Kommissar ist weit und breit zu sehen? Wie kann man nur schnarchen, während das Hirn an die Wand spritzt? Haben die nicht Angst, dass ihnen der Kopf platzt oder dass sie in einer Blutlache aufwachen? Aber es muss wohl der Kommissar sein, der dann irgendwann doch rauskriegt, dass nicht der Türke der Mörder war, sondern der Onkel Christian. Der wurde auch nur nicht sofort entdeckt, weil eben alles gut geplottet ist. Und deshalb mag ich es nicht, das Plotten. Es ist falsch. Alles ist falsch. Selbst das Schnarchen nach der Vergewaltigung.

Ob ich deshalb aus Deutschland weg bin? Weil alle Krimis lesen?

So kann man das nicht sagen. Es ist ja nicht nur in Deutschland so. Es geht nicht nur darum, um dieses eine Land, aber von irgendwo muss man ja weggehen, wenn man wegwill, oder? Vielleicht ist es auch die Welt, vor der man flieht, denn man braucht schon ein dickes Fell zum Fernsehen. Vor allem, wenn man bemerkt, dass sie gerne tun würden, was sie sehen und nur den Kommissar vorschieben, um alles wieder ins rechte Lot zu bringen. Aber lassen wir das mal, denn darum geht es nicht.

Erfinden

Dass man etwas findet, das man sucht, gut, das kennen wir. Aber dass man etwas erfindet, was es nicht gibt, das ist merkwürdig. Was findet man denn, wenn man erfindet? Und warum? Kann alles nicht einfach so sein, wie es ist?

Ein Findling, zum Beispiel, den haben wir gefunden. Da liegt er herum und selbst dem Heidekraut ist er egal. Wie er dahin gekommen ist? Sagen wir mal, er ist geschoben worden, vom Eis. Und dann war das Eis weg und er blieb liegen. Schön abgerundet nach allen Seiten, abgescheuert, durch das Gedränge und das jahrhundertelange

Geschiebe. Viele sind tatsächlich aufgerieben worden, wurden zu ganz kleinen Steinen, Kieseln, und noch viel kleineren, Sand. Unser Findling hat durchgehalten. Da liegt er dick, rund und unbeweglich. Selbst die Strahlen der Sonne prallen auf seiner harten Schale ab. Oder vielleicht nicht. Wie wollen wir wissen, ob es in seinem Inneren dunkel ist? Wenn wir ihn zertrümmern, sehen wir keine Dunkelheit, nur das reflektierte Licht auf der Oberfläche seiner Teile. Nie durchdringen wir diese obere Fläche, nie werden wir wissen, ob dieser Stein innen hell oder dunkel ist.

Was machen wir nur mit dir, Findling? Was wärest du, wenn du nicht gefunden worden wärest? Einfach ein Stein? Ein runder schwerer Stein. Das Finden macht dich erst zum Findling. Weißt du das?

Der Findling ist nicht allein. Er steht im Kreis mit anderen. Man sieht das zuerst nicht, wegen der Büsche. Aber wir haben Zeit, Eiszeit. Wenn man lange sitzt, wird es kalt und man sieht mehr. Hätte ein eiliger Wanderer gedacht, dass er im Kreis sitzt? Nein, denn man kann nur im Kreis sitzen, wenn man sich setzt und das für lange Zeit, dann erst bemerkt man die anderen, die auch im Kreis sitzen. Vielleicht haben sie genauso auf diesen Findlingen gesessen, wie du jetzt. Es ist wahrscheinlich, sehr wahrscheinlich, denn sie sind noch da, die Steine.

Erst, wenn die Sonne untergeht, merkt man, dass ein Feuer fehlt in der Mitte. Wenn wir nicht so zivilisiert wären, wie wir sind, würden wir trockene

Zweige und Stämme zusammentragen. Aber wir haben gelesen, dass das verboten ist, wegen der Brandgefahr im Naturschutzgebiet. So lodern bald die Flammen hellauf, erfundene Flammen, die nichts in Brand setzen, nur unseren Kopf. Die anderen haben sich auf ihre Steine gekauert, wie wir. Keiner sagt etwas. Was sollte man auch sagen, auf so einem Stein. Der bringt einen zum Schweigen, ohne selbst ein Wort zu sagen, so ist das.

Zerstreut

Konzentrieren soll man sich, sagen sie, sonst kommt man zu nichts. Und das stimmt. Ohne Zentrum, wo wären wir? Doch das Zentrum gibt es nicht ohne den Kreis. Wir kreisen um es herum, um das Zentrum. Das gibt uns zwar keine Richtung, aber eine Bahn. Glück hat man, wenn es eine Sonne ist, um die man kreist. Dann wird es hell, wenigstens auf einer Seite. Wenn man sich um sich selbst dreht, wird auch die andere Seite hell. Aber die alten Männer sitzen da und drehen sich nicht. Die vier Richtungen des Himmels hinter ihnen interessieren sie nicht, nur das Feuer in der Mitte, im Zentrum. Wie soll man auch nicht bewundern, was da aus dem lodernden Holz aufschießt! Woher kommt das und wo bleibt es, nachdem es die Luft geleckt hat und dann plötzlich verpufft, um dann erneut seine Zungen zu zeigen und zwischen das trockene Holz zu fahren. Das ist keine Energie, das ist der Teufel, Feuerteufel. Ihn muss man im Auge behalten, einkreisen. Auf Abstand bleiben, um nicht vom

Feuer gefangen zu werden. Ihn auf dieser Stelle halten, den Teufel, obwohl er manchmal seine Funken hoch aufschießen lässt, als wolle er flüchten, in die nächtliche Heide, das ist die Kunst.

Konzentrieren ist einkreisen, damit die Gedanken nicht flüchten mit dem springenden Teufel. Die gefundenen Steine helfen, wenn man sie heranschleppt. Dort, wo sie lagen, hatten sie keinen Sinn, verlassen vom schmelzenden Eis, zerstreut zwischen Büschen auf sandigem Boden. Jetzt ist das anders, sie sind Findlinge und liegen im Kreis. Einer macht aus dem anderen einen Teil. Sie haben jetzt eine Mitte, sind konzentriert. Eigentlich bräuchten sie die alten Männer nicht, die ihnen im Genick sitzen. Aber ohne diese wären sie nicht da, wo sie jetzt sind. Der Gletscher kann das nicht, Kreise machen, er zerstreut stolze Felsen und macht sie zu Sand. Welchen Sinn hat der Sand? Wir sehen ihn nicht, aber der Findling hat ihn, den Sinn, weil er gefunden worden ist, auserwählt, um das Feuer einzukreisen und auf ihm zu sitzen, im Kreis.

Kann man die Erde lieben? Einige sagen, sie lieben die Menschheit oder die Freiheit, aber was heißt das schon? Wo ist sie, die Freiheit? Ich sehe nur Sand und eine alte Feuerstelle gleich hinter dem Schild, auf dem steht, dass dies ein Naturschutzgebiet ist und dass alles verboten ist. Kann man etwas lieben, das es nicht gibt, außer im Kopf, als Idee? Und die Menschheit? Das glaube ich nicht, dass man die lieben kann. Es sind einfach zu viele und sie sind zu verschieden. Die Menschheit, die gibt es nicht. Überhaupt sind alle Worte verdächtig, die auf -heit enden, wie Wahrheit. Etwas kann wahr sein oder falsch, das stimmt. Aber Wahrheit ist etwas anderes, etwas das über den Köpfen schwebt, und wenn man versucht, es zu ergreifen, windet es sich nach links oder rechts. Aber trotzdem sagen manche, sie ist in ihrem Besitz. Vielleicht ist sie auch einfach nur wie das Feuer, da weiß man auch nicht genau, was es ist, trotzdem ist es da und brennt und fängt uns, wenn wir nicht aufpassen.

Kohlenkeller

Den gibt es nicht mehr, den Keller, in dem die Kohlen liegen. Eingebunkert hat man sie, das passt. Ein Bunker fast ohne Licht, das aus dem Fensterchen kam, ganz oben hinter dem Berg nach Kohle riechender Kohlen. Später wusste man, dass es Energie war, auf der man weinend saß, eingesperrt wegen irgendeiner Missetat. Aber damals saß man auf Kohlen, man wusste, dass man auf Kohlen saß, ohne dass man sie sah, man roch sie. Vielleicht wäre ein Licht aufgegangen, wenn man gewusst hätte, dass es Energie war, die nach Kohle roch. Aber so blieben die aufgespeicherten Sonnenstrahlen in den vor Jahrmillionen zu Stein gepressten Wäldern verborgen. Wer konnte denn wissen, dass man auf gleißendem Licht saß in dieser Dunkelheit?

Wie kann so etwas sein? Dass Kohle einmal sonnendurchfluteter Wald war, mit allem Drum und Dran? Farne, Schnecken, ganze Stämme, Blätter. Später ist man die Halden hinaufgeklettert und hat sie mit eigenen Augen gesehen, die Abdrücke. Es stimmte also, was sie erzählten. Unten in der Erde war einmal Wald gewesen, zugedeckt von tausend Tonnen Stein. Kohle ist toter Wald, erdrückter Wald. Kann man die Erde lieben, die so grausam ist? Die Tränen rannen ihm über die kindlichen Wangen, weggewischt von der kohlenverstaubten Hand. Schwarzer Staub, Partikel zusammengepresster Urwaldriesen, vermischten sich mit dem salzig-wässrigen Ausdruck kindlichen Unglücks.

Ur

Ich bin nichts im Vergleich zum Ur. Winzig bist du im Urstromtal, fast reißt es dich fort. Doch nichts strömt mehr, nur das vom Strom in die Landschaft gerissene Tal ist geblieben. Das Urereignis liegt so weit zurück, dass es eine gähnende Weite in der Ebene hinterlassen hat. Keiner erinnert sich. Doch wie ein leerer, zerbrochener Krug noch auf den Wein verweist, den er einst enthielt, kündet das Urstromtal vom eisigen Wasser der tauenden Gletscher. Aber das Ur ist noch älter, noch tiefer. Der Mensch ist hinabgestiegen und weiß es. Unter dem Urstromtal warteten die verkohlten Wälder darauf, die in ihnen gefangenen Sonnenstrahlen in die Hochöfen zu schicken, um das Eisen aus dem Erz zu schmelzen, dem Urgestein.

Das Ur. Es ist nicht nur alt, uralt, sondern unermesslich stark. Keine Gewalt ist stärker als sie, die Urgewalt, nicht die Polizeigewalt und weniger noch die drei demokratisch geteilten. Da donnert und blitzt es, dass man zusammenzuckt.

Es stürmt nicht nur, nein, es fegt über die Erde und dreht sie im Kreise. Vielleicht kommt alle Macht daher und geht von ihr aus, nicht vom Volke, das ameisenhaft kleine Gegenstände hin- und herträgt. Es reicht, dass Ur es will und alle mühsam erbauten Konstruktionen fallen in sich zusammen. Die Alten wussten das noch und setzten sich auf runde Steine im Kreis. Das Feuer musste wohl ein Bote des Urs sein oder die Sonne. Vielleicht auch der Sturm oder der Donner. Man wusste sich keinen Rat, aber man suchte ihn, wo er vielleicht war. Wandernde Sterne, erschreckende Träume, in die Luft geworfene Knöchelchen. Oder auch nur eine verrückte, schielende Frau, vielleicht hatte die etwas gesehen, was niemand sonst sah.

Hinten, tief unten oder ganz oben, die Alten suchten das Ur nie in der Nähe oder vorne. Sie vertrauten den Toten mehr als den stürmischen, drängenden Jungen. Die Ahnen, für die rollte man besondere, große Steine herbei und schichtete sie aufeinander zum Dach. Je besser die gefundenen Steine die Ahnen beschützten, desto länger konnte man sie befragen. Nicht nur ein einfaches Grab im Sand, das bald vom Wind verweht nichts mehr weiß. Steine, besonders die großen, bewahren das Denken, sind Male und Zeichen. Man kannte die nicht mehr, welche das erste Grab errichtet hatten, aber man wusste, dass es der Urahn war, der dort ruhte und seinen Rat gab, wenn man ihn fragte. Fragen, das musste man können, und auch die Antworten zu verstehen, war nicht immer leicht. Wenn es jemanden unter ihnen gab, der das konnte, hatten sie Glück. Manch falsch verstandener Rat hatte schon in die Irre geführt, deshalb saß man Stunden und befragte den Priester vor dem lodernden Feuer.

Was vor dem Ur war? Wie soll ich das wissen? Das Ur selber kennt nur ein anderes Ur als Vorgänger an. So war vor dem Urgroßvater der Ururgroßvater. Aus diesem Ur springt das Ur und ist plötzlich da. Das ist der Ursprung.

Uhr

Zwischen Uhr und Ur gibt es keinen Unterschied. Wenn man nur hört, auch richtig hört, sind sie gleich, Uhr und Ur. So ist es oft, etwas sieht gleich aus, ist es aber nicht, oder es klingt gleich, ist aber verschieden, wenn man es sieht. Bei dem Ur und der Uhr ist es nun genau so: Sie klingen gleich, sehen aber verschieden aus.

Das H ist sowieso nur ein Zeichen und kein Laut, fast. Man sagt Ha, damit man es hört, das H. Versuch mal H und nicht Ha zu sagen. Siehst du? Das geht nicht, oder kaum, man haucht da etwas und denkt mehr an die Atmung als an einen Buchstaben.

Die Uhr, sagt man, misst die Zeit. Aber was macht sie, wenn sie stehen bleibt? Dann steht sie und die Zeit geht weiter. Die Uhr steht und die Zeit geht. Die Uhr misst nur, wenn sie läuft. Sie läuft und die Zeit geht. Aber es ist nicht ein Gehen mit Beinen. Es ist eher ein Vorbeigehen in genauen, abgezählten Schritten. Wenn die Uhr geht, vergeht die Zeit im Tick-Takt. Wenn sie nicht geht, geht die

Zeit an der Uhr vorbei. Dieses Vorbeigehen ist wie ein Verirren, ein Daran-Vorbeigehen aus Versehen. Selbst wenn die Uhr steht, geht die Zeit. Und wenn die Uhr läuft, läuft diese selbst an der Zeit vorbei und ihr voraus. Sie ist zu schnell, um sie zu sehen, zu fühlen. Sie will nur messen. Sie nützt uns nichts.

Die Zeit gibt es nicht. Es gibt sie nicht, wie es einen Schraubenzieher gibt oder eine Stadt. Sie ist nicht vorhanden wie ein Buch. Man kann sie nicht sehen, aber doch reden alle von ihr. Sie planen die Zeit in ihren Kalendern und sagen dann, wenn man sie sprechen will, dass sie keine Zeit mehr haben. Wenn man plant, verschwindet die Zeit, scheint es.

Ich wollte meine Zeit nicht sinnlos vergeuden, meine Lebenszeit, deshalb wollte ich weg, glaube ich, obwohl ich gar nicht wusste, was Zeit war. Ich wusste nur, es geht vorbei, das Leben. Deshalb hatte ich Eile, als wollte ich die Zeit überholen wie eine laufende Uhr.

Aber es gibt keine Zeit. Was es nicht gibt, kann man nicht verlieren oder planen. Das Leben schon, das geht vorbei. Das sieht man an den anderen, den Älteren, wenn sie plötzlich tot sind. Man sagt, seine Zeit ist abgelaufen, wie eine Spieluhr, aber so ist es nicht. Es ist das Leben, das sich verändert, so lange verändert, bis es nicht mehr geht.

Es ist vielleicht ein Kreisen, das Leben. Um eine Sonne, um eine eigene Achse. Frühling, Sommer, Herbst und Winter, die Breitengrade hinauf und hinunter zwischen Steinbock und Krebs. Manchmal ist der Rhythmus kürzer, hell und dunkel, Tag und Nacht. Wenn man sich am Äquator mit der Erde um die eigene Achse dreht, braucht man kein Jahr bis zum nächsten Sommer. Nachts ist es dunkel und kälter, mittags ist es heller und viel heißer da, wo ich war.

Kann man da noch denken? Ich glaube, dass die, die mich weggeschickt haben, wissen, dass es schwer ist, richtig zu denken, wenn es keinen Winter gibt und keinen Herbst und keinen Frühling und keinen Sommer. Manche denken, es wäre immer Sommer in den Tropen, nur weil es immer heiß ist. Doch einen Sommer gibt es nur, wenn es einen Winter gibt. Deshalb machen sie diesen Test, weil sie es wissen. Es ist schwierig für mich, alles richtig zu sagen nach zwanzig Jahren. Deshalb haben sie mir eine Woche Zeit gegeben. Sie haben mir etwas gegeben, was sie nicht haben.

Trinkwasseraufbereitungsanlagen

Man merkt sie meistens nicht, die Veränderung. Wenn man sie merkt, ist alles anders und es geht nicht mehr zurück. Oder man merkt gar nicht, dass man sich verändert hat, aber alle andern wundern sich. Es soll Entwicklungshelfer geben, die sind nach Namibia gegangen, um Brunnen zu bohren und Trinkwasseraufbereitungsanlagen zu installieren. Warum? Weil sie den armen Afrikanern helfen wollten. Nach vier Jahren kannten ihre Freunde in Deutschland sie nicht wieder. Nicht weil sie schwarz geworden waren, sondern weil sie Rassisten geworden waren.

Zumindest war das die allgemeine Ansicht beim Wiedersehen mit den Zurückgebliebenen.

„Die klauen wie die Raben. Die lügen wie gedruckt. Die liegen den ganzen Tag auf der faulen Haut." So etwas musste man sich anhören! Unerhört!

„Rechtsextremes Gedankengut", sagte Klaus, der Geschichtslehrer, der es wissen musste.

„Auf jeden Fall haben sie jetzt Wasser. Deswegen waren wir ja da", und der über sich selbst erschrockene Entwicklungshelfer fügte hinzu, „wenn sie nicht schon die Pumpe gestohlen haben."

Tierisch

Das Tierische kommt immer mehr durch, je länger man bleibt. Ich wusste vorher gar nicht, dass es so etwas gibt, das Tierische im Menschen. Man hat es zwar gehört, aber rasch mit einem Lacher erledigt. Jetzt weiß ich, dass der Mensch ein Tier ist, das saugt. (Nachdem ich diesen Satz noch einmal gelesen habe, musste ich wirklich lachen. Zwanzig Jahre lang fast kein Deutsch sprechen, das kommt dabei heraus. Es heißt natürlich Säugetier!) Die Säugetiererfahrung macht selbstverständlich auch jede junge Mutter in Deutschland, aber mir geht es jetzt um das Tier im Säugetier. Das weiß ich jetzt, dass es das gibt.

Erziehung, zum Beispiel, ist wie Dressur. Statt einen dieser weitschweifigen Erziehungsratgeber zu kaufen, schenke dem jungen Paar, das sich lesend auf die Niederkunft seines Einzelkindes vorbereitet, ein Buch über Hundedressur. Ich wollte es nicht glauben, aber alles Wesentliche der Pädagogik ist dort knapp zusammengefasst. Stubenrein wird ihr Kind, bevor eine konsequent eingesetzte Hungeranwendung es dazu gebracht hat, wirklich alles zu essen. Hast du schon einmal einen Hund gesehen, der seinen Napf umschnuppert und dann naserümpfend und quengelnd die Nahrungsaufnahme verweigert? Nichts dergleichen. Ebenso sind die wohl als das zentrale Stück jeder Erziehung anzusehenden Hinweise auf Rudelhierarchie und Gehorsam direkt anwendbar. Lassen Sie sich niemals führen! Sie sind der Chef! Solche knappen Hinweise vermeiden cholerische Anfälle mit Hinschmeißen im Shoppingcenter, ungezogenes Patschen in den Spinatteller und jedwede Umdrehung des Erziehungsprozesses, der Sie zu demjenigen macht, der sich von seinem Hund beziehungsweise Kind kommandieren lässt.

Im Grunde hat man doch schon immer gewusst, was man dann auf einmal begreift. Nennen wir uns nicht gegenseitig Esel, dumme Kuh, Schwein, falscher Hund und vielleicht sogar Pfau, Kätzchen oder Mäuschen? Ganz schön peinlich, was man da so alles hört. Aber es stimmt.

Es kommt natürlich auf die Umwelt an. Nicht überall wird ein ehemals blutrünstiger Wikinger oder beilschwingender Sachse zum Bärchen. Überhaupt ist die Verwandlung von Männern in Plüschtierchen, wie Teddys, Äffchen und dergleichen, nur in absolut befriedeter Umgebung möglich. Aber immerhin sie bleiben Tiere, wenn auch verniedlichte und zum weiblichen Gebrauch gezähmte.

Je länger man bleibt, da wo ich war, desto stärker wird das Tier in dir. Vielleicht musst du erst zum Mann werden, bevor du das merkst. Du wirst es oder du packst deinen Koffer. Aber auch wenn du aufgibst, bist du ein Tier, ein geschlagener Hund.

Europäer

Europäer gibt es erst seit Kurzem. Es gibt zwar Europa im Erdkundeunterricht bis zum Ural, aber Europäer gab es nicht. Stattdessen Italiener, Russen, Engländer, Franzosen. Und die Deutschen, wir, in Mitteleuropa.

Warum war es mir immer ungemütlich in dieser Gegend? War etwas dran, an dem Gerede von der germanischen Seele? Die ist noch älter als die Deutschen, die es erst seit Bismarck so richtig gibt, aber das auch nur ohne die Österreicher, die bis heute nicht zugeben, dass sie Deutsche sind, aber das lassen wir mal. Die Germanen haben kein Deutsch gesprochen, sondern irgendein Kauderwelsch und jeder Stamm auf seine Art.

Vielleicht wäre alles nicht so geworden, wenn Deutschland nicht in der Mitte gelegen hätte. In der Mitte fühlt man sich eingeengt und dann bei dem Wetter! Da braucht nur einer zu sagen: „Auf in den Süden!" Und schon geht es los. Erst die Kimbern und Teutonen und dann die Westgoten, bis es ein riesiges Durcheinander war, Europa. Die wilden Reiter, die plötzlich im Osten auftauchten, und die Araber auf der iberischen Halbinsel waren gewissermaßen der Pfeffer in dieser europäischen Suppe, obwohl das auch nicht der richtige Ausdruck ist. Vielleicht haben sie Dampf gemacht, aber das passt auch nicht. Die Schlitzaugen und hohen Backenknochen der Osteuropäer kommen woher? Wohl nicht vom Dampf.

Auf jeden Fall haben die Germanen einen Hang zum Süden. Auch zum Osten, aber über die russischen Steppen rede ich erst später. Denn wo geht es auch heute noch hin, wenn es Ferien gibt? In den Süden! Es ist komisch, dass einige immer da wegwollen, wo andere hinwollen. Sind sie dann eine Zeitlang da, wohin sie wollten, wollen sie da auch wieder weg. So ist das. Wer würde denn freiwillig in Kenia bleiben? Ich meine, länger als eine Safaritour. Das schaffen nur Profis wie ich.

Die Mehrheit kommt höchstens bis Mallorca, Teneriffa und die Älteren kommen nur bis in die Toskana. Das kann man verstehen. Florenz! Gibt es etwas Schöneres! Aber südlich von Rom fängt es schon an. Da kocht einem der Schädel im Sommer und man hat manchmal Lust, zu schreien oder jemanden abzustechen, mittags, wenn die Pizza nicht kommt.

Ich habe mich sowieso gewundert, wie die Griechen das geschafft haben, zu philosophieren bei dieser Hitze. Oder war damals das Klima anders, das kann schon sein. Denken kann man nur bis höchstens sechsundzwanzig Grad, vielleicht achtundzwanzig, dann ist Schluss. Und diskutieren? Da muss man bei über dreißig Grad das Messer weglegen, sonst fließt Blut.

Sokrates dürfte wohl nur im griechischen Winter diskutiert haben. Im Sommer hätten sie ihn nicht vergiftet, sondern auf ihn eingeschlagen. Aber bestimmt war damals das Klima anders, das ist schon möglich.

Links

Da muss man vorsichtig sein, wenn man es nicht ist. Denn wenn man es nicht ist, sagen sie gleich, du bist rechts. Ich habe einmal gesagt, ich bin es nicht, aber auch nicht rechts. Was soll das auch heißen? Da haben sie geschrien und gesagt, dass ich es leugne. Was? Habe ich gefragt. Den Holocaust, hat einer gesagt.

Den, muss ich sagen, hatte ich vergessen. Sie sehen ihn hier jeden Tag im TV, wegen der Erinnerung. Weil man nichts vergessen darf, denn sonst kommt es wieder. Ich hatte ihn vergessen, oder halb vergessen, nein es war ein Drittel. Ich hatte gesagt, es seien vier Millionen gewesen, aber es waren sechs. Genau sechs, nicht einer weniger, sechs. Ich hatte also zwei Millionen geleugnet, ein Drittel vom Holocaust, deshalb haben sie sich aufgeregt. Auch weil ich gesagt habe, sie sollen sich doch freuen, wenn es weniger waren, aber nein, es waren sechs.

Ich bin nicht gut in Mathematik. Drei kann man sich noch vorstellen, aber dann nehme ich die Finger oder mache Dreiergruppen in Gedanken.

Neun ist drei mal drei. Aber es waren sechs. Ich hätte die Finger nehmen sollen, war das ein Geschrei, wahrscheinlich auch, weil ich vorher gesagt hatte, dass ich nicht links bin. Da kommt eines zum andern. Das rechnen sie zusammen und dann bist du rechts, ganz rechts. Extrem rechts, sagte einer. Wenn man so etwas hört, merkt man doch, dass man lange nicht da war, in Deutschland. Sie werden jeden Tag daran erinnert, obwohl sie gar keine Erinnerung daran haben, weil sie es nicht erlebt haben. Ich auch nicht. Aber ich habe mehr Tote gesehen als sie, da, wo ich war. Doch das zählt nicht, ohne Schuld. Die muss man haben, auch wenn es der Großvater war. Ohne Schuld läuft gar nichts in Deutschland, da ist man draußen, wenn man die nicht hat, oder sie lassen einen nicht mehr rein. Raus auch nicht und das will ich ja. Ich will wieder weg.

Fernweh

Es tut weh, wenn man wegwill und nicht kann. Manche haben das nicht, ich glaube, die meisten, aber ich hatte es, das Fernweh. Die Portugiesen haben es auch, die meisten, sie nennen es *saudade*, Sehnsucht. Man kann sie nicht übersetzten, sagen sie, die *saudade*. Aber ich weiß, was es ist. Es ist ein Ziehen und Zehren und man muss unbedingt hin. Deshalb sind sie gesegelt, immer hinter dem Horizont her, manchmal war man nah dran und dann war er plötzlich weg, wenn man auf den Strand sprang, um Wasser zu suchen. Höchstens eine Nacht konnten sie bleiben. Denn am nächsten Morgen war er wieder da, ganz weit und fern, da musste man hin. Es ging nichts anders, es war eine Sucht und wenn man nicht segelte, tat sie weh, fernweh. Ich weiß, was das ist. Bin ich deshalb weg? Das kann man so nicht sagen.

Heimweh

Es gibt auch das andere, das Heimweh. Das ist das Gegenteil, sagen sie, aber es ist dasselbe, wenn man versteht, was ich meine. Man hat ja auch nur Heimweh, wenn man von zu Hause entfernt ist, sonst nicht. Wenn man daheim ist, hat man es nicht. Und wenn man den Horizont erreichen könnte, gäbe es kein Fernweh. Als ich dann da war, kurz davor, bekam ich Heimweh. Das fühlte sich genauso an wie das Fernweh, ein Sehnen und Zehren, ein süchtiges Suchen.

Im Grund müsste man immer laufen, um dorthin zu kommen, wo man hinwill. Aber man schafft es nicht, es ist wie Musik, sie gefällt uns und schon ist der Ton weg. Wo bleibt er? Nirgends, aber man kann ihn verschriftlichen. Noten kann man festhalten, so ist es auch mit dem Horizont, man kann ihn sehen und beschreiben, man kann auf der Karte zeigen, wo er ist, aber man kommt trotzdem nicht hin.

Und wenn ich zu Hause geblieben wäre? Dann hätte ich kein Heimweh, sondern Fernweh und das ist dasselbe. Aber so kann man das auch nicht sagen, es ist alles falsch.

Nazi

Worte. Wie viele habe ich schon? Oder sind es Wörter? Es gibt viele, da fällt mir nichts mehr zu ein. Links, zum Beispiel. Ich wusste einmal, was das war. Ich selbst war es, so dachte ich. Jetzt weiß ich nur, dass ich es nicht mehr bin. Jemand sagte mir, dann bist du rechts. Da habe ich gelacht. Wie soll einer, der nicht links ist, rechts sein?

Links ist da, wo der Daumen rechts ist. Und wenn man die Hand umdreht, dann kommt man ganz durcheinander. Vielleicht liegt es daran, dass da, wo ich war, alle links sind. Ehemalige Freiheitskämpfer, sagt man hier, aber es waren nur Soldaten, die jetzt gute Posten hatten. Die haben mir anfangs auf die Schulter geklopft, weil ich auch links war, wie gesagt. Aber später habe ich mich geschämt. Die haben mich nur vorgezeigt, weil sie Stimmen brauchten. Sie selbst hatten mit Kleinbauern gar nichts am Hut, ich aber schon, das war ja meine Arbeit. Trinkwasser, richtig sauberes Trinkwasser für die Landbevölkerung. Da wohnten viele auf dem Land und die mussten sie bei Laune halten. Und da kam ich mit meinen Projekten gerade recht. Sie haben gelacht, weil ich so blöd war, aber das habe ich erst später gemerkt. Hier in Deutschland wissen sie es immer noch nicht, glaube ich. Wenigstens die vom Ministerium. Die reden immer nur vom Wasser, von praktischen, solarbetriebenen Filteranlagen und so weiter, wie ich am Anfang. Die wissen nicht, dass der neue Brunnen auf dem Grundstück des Schwagers des Bürgermeisters gebohrt wird. Man muss die Leute schon kennen. Wenn man länger da ist, kriegt man das raus. Und dann bohrt man woanders, und dann werden sie wütend, das sage ich dir.

Da haben sie mich das erste Mal Nazi genannt, weil ich neben der Schule gebohrt habe, die der Kirche gehört, irgend so eine Pfingstkirche, aber an die trauten sie sich nicht ran. Da haben sie mich Nazi genannt, weil sie wussten, dass ich Deutscher war und dass Deutsche sich in die Hose machen, wenn man sie Nazi nennt. Ich war damals aber schon kein Linker mehr, deshalb hat mir das nichts gemacht. Einige von der Gemeinde haben sich gefreut, weil sie dachten, ich wäre wirklich ein Nazi, und klar, wegen des sauberen Wassers.

Sie

Manchmal denke ich an sie, während ich schreibe. Sie wird schließlich alles lesen und ich stelle mir vor, was sie wohl denken wird. Weiße Frauen bin ich nicht mehr gewöhnt, ich weiß nicht mehr so richtig, was sie denken und wie sie im nächsten Augenblick reagieren. Meistens tun sie alles, damit man nicht merkt, dass sie Frauen sind. Und die Männer fallen darauf rein. Ich nicht. Sie hat gemerkt, dass ich es gemerkt habe, deshalb hat sie mich Scherzbold genannt, zwei Mal. Man sieht es auch am Mund, der verrät alles, auch wenn sie sich in einem Hosenanzug versteckt und so tut als ob.

Der Mund ist eine Öffnung, aus der man spricht, auch saugt er. Sie schminken ihn, damit man es sieht. Sie selbst sagen, weil es schöner ist. Das sagen sie immer. Das machen sie nur für sich, das sagen sie auch. Deshalb ziehen sie auch Leggings an, nicht, damit man alles sieht, sondern weil es praktisch ist. Nur was praktisch ist, darf sein. Lippenstift ist auch praktisch, weil dann die Lippen nicht austrocknen. Aber warum ist er dann rot? Rot wie das Tuch des Stierkämpfers, die Fahne der Kommunisten und das pulsierende Blut.

Schmale Lippen habe ich da, wo ich war, nicht gesehen. Vielleicht bekommt man die, wenn man viel liest, ich weiß es nicht. Man muss sie auf jeden Fall jahrhundertelang pressen, damit sie so werden. Wer den Mund öffnet, der redet – und oft das Falsche. Man sündigt leicht in Gedanken, und schon sind sie auf der Zunge, die Worte. Die verbotenen Werke sind dann nur eine Frage der Zeit. Deshalb ist es besser, man presst die Lippen zusammen, damit man nichts sagt. Wer nichts sagt, sündigt nicht in Worten, die Gedanken sieht man ja nicht. Irgendwann denken dann alle, wer schmale Lippen hat, macht auch nichts falsch.

Die Psychologin hat keine schmalen Lippen, das habe ich gleich gesehen, als sie auf mich zukam, und sie hat gesehen, dass ich es gesehen habe.

Man sagt da, wo ich war, dass die Frauen einen Rückenwirbel mehr haben als die Männer. Sie sagen es von sich selbst. Wir haben einen Wirbel mehr als ihr, und sie sind stolz darauf. Ich war zuerst überrascht, davon hatte ich im Biologieunterricht nie gehört. Aber wie sollte man sonst auch erklären, dass sie beim Gehen von einer Seite auf die andere schaukeln? Oder ist das nur bei den Frauen im Süden so? Dass sie einen Wirbel mehr haben, meine ich.

Beim Tanzen sieht man das besonders, das ist ein Kurven und Schlingern, dass einem das Herz lacht. Als Mann muss man da schon Abstand halten, beim Tanzen. So beweglich ist unsere Lende nicht, dass man da immer ausweichen könnte.

Tanzen

Die wissen natürlich, dass sie das besser können. Mit Leichtigkeit, ohne zu schwitzen und sich anzustrengen, machen sie aus Musik Bewegung. Wenn man dann guckt, lächeln sie. Sie mögen das, dass man guckt und nicht nur in die Augen, schließlich haben sie einen Wirbel mehr, den sie gekonnt einsetzen, um die anderen zu übertrumpfen. Da kann es schon passieren, dass man mit dem Bier in der Hand am Pfeiler lehnt und drei oder vier Exemplare dieser gelenkigen Spezies vor einem ein wahrhaftes Ballett veranstalten. Was habe ich gesagt? Ballett? Das ist ja gar nichts dagegen, hier geht es nicht um Spitzentanz, Pirouetten und andere Akrobatik. Nein, hier geht es um die Frau, den Mann, die Liebe und klar, die Fortpflanzung. Zumindest kann das passieren, wenn man nicht aufpasst.

Falsch

Falsch ist nicht nur das Gegenteil von richtig. Auch was richtig ist, kommt mir oft falsch vor, letztens, seit ich wieder hier bin. Alle haben sich über die Soldaten gewundert, die erleichtert waren, wenn der Zug endlich losfuhr, der sie wieder zurückbrachte. Der Fronturlaub war für sie unerträglicher als der dreckige Krieg, der sie erwartete.

Heute verstehe ich sie. Es war, als ob einer eine Pause macht, mitten im Schrei. Wie soll das gehen? Einen Schrei kann man nicht anhalten, wenn der Splitter sich in den Bauch bohrt. Jeder weiß das. Aber ein Fronturlaub ist so. Er hält die fliegende Granate auf, bevor sie zehn Meter vor dir einschlägt. Und mit dieser Granate in der Luft, die ihre unvermeidliche Bahn im nächsten Augenblick fortsetzt, feiern sie Weihnachten und singen, als ob nichts gewesen wäre und nichts geschehen würde.

Nur ich weiß, dass alles falsch ist, vielleicht weiß es auch der Alte, der in Woronesch dabei war und manchmal herüberblickt.

Klar, ich war nicht im Krieg. Das wollte ich auch nicht sagen. Aber das Gefühl, das alles falsch ist, wenn man in Frankfurt aus dem Flieger steigt, das kenne ich.

Buschfeuer

Als ich zurückkam, brannte der Busch. Ich hatte nur ein Stück roden lassen, gerade genug, um Platz für die Arbeiten und den Bauwagen zu haben. Jetzt brannte die Vegetation, die ich vor der Zerstörung bewahrt hatte. Entsetzt rief ich die Männer um Hilfe, die untätig neben dem Bohrturm standen. Aber was sollten sie auch tun? Einer warf gehorsam Sand in die Flammen, die nur mit einem Funkenschwarm antworteten und sich weiter in das trockene Unterholz fraßen. Das Wasser aus den zwei Fässern, für die Kühlung des Gestänges vorgesehen, war schnell verbraucht und so stand auch ich bald untätig neben den anderen und sah zu, wie sich der trockene Busch in eine immer breiter werdende Wand aus Flammen und Rauch verwandelte.

„Gott sei Dank kommt der Wind von hinten", sagte einer.

„Wer war das?", fragte ich.

Die Männer sahen sich an. Es ist wegen der Schlangen, antwortete schließlich der Vorarbeiter.

„Was?", ich verstand zunächst nicht ganz, doch schnell war die Sache aufgeklärt. Die Arbeiter selbst hatten den Busch angezündet, um Schlangen und anderes Getier, das sie jetzt bereitwillig beim Namen nannten, zu vertreiben: Skorpione, Mücken und selbst Ratten würden jetzt keinen mehr behelligen.

In den nächsten Tagen setzten wir die Arbeit fort. Der niedergebrannte Busch war jetzt eine schwarze Fläche, die bis an den Horizont reichte. In achtzig Metern Tiefe stießen wir endlich auf Wasser. Es war salzig, ungenießbar und auch für die Bewässerung ungeeignet.

Gedankenaustausch

Ihre blauen Augen haben mich an irgendetwas erinnert. An ein langes Gespräch bei einer Altbier-Bowle im Töddenhoek über den Letzten Tango, der gerade in die Kinos gekommen war. Ein Parfüm, das zu mir herüberwehte, immer dann, wenn sie ihre blonden Haare, zwischen den Sätzen über den alternden Brando, nach hinten warf. War es das?

„Was fällst du mir in meine Augen?", sagte sie, als ich schon nicht mehr richtig zuhörte, sondern mich in diesem Blau zu verlieren begann. Es war genau das, ein freier Fall in Etwas hinein, das ich auch dann nicht begriff, als sie später in meinen Armen lag.

Es gab immer Gespräche vorher, jetzt fiel es mir ein. Liebe ohne Reden gab es nicht. Man musste sich verstehen, oder zumindest so tun, sonst machten sie nicht mit.

Dort unten ist das anders. Wenn ich es recht bedenke, habe ich schon seit Jahren nicht mehr mit einer Frau gesprochen. Richtig gesprochen, meine ich, ein Gespräch über irgendein Thema, ein Gedankenaustausch.

In den ersten Jahren war es eine Erleichterung. Dieses viele Reden, warum? Meistens war es nur Zeitverschwendung, eine Art verkrampftes Vorspiel, nicht mehr.

Aber an das Gespräch im Töddenhoek erinnere ich mich bis heute. Sie hatte den Film besser verstanden als ich und erläuterte mir jetzt Details, die ich übersehen hatte. Dabei sprach sie langsam, als ob sie mir Zeit geben wollte, das Gesagte zu verarbeiten.

Sie war von einer Traurigkeit, die ihre blauen Augen zu einem Meer der Melancholie werden ließ. Es war mir, als ob sie mich in dieses Meer hineinzog, langsam, Wort für Wort.

Die Nacht war für uns beide gegenseitiger Trost. Für mich, weil ich in ihrem Körper die Wirklichkeit wiederfand, für sie, weil ihr die Tränen über die Wangen liefen, gerührt von dem bei mir gefundenen kurzen Glück.

Pfau

Wenn ein Pfau ein Rad schlägt, hast du das schon gesehen? Das kann doch kein Zufall sein. Ich meine ein zufälliges Resultat der Evolution. Entweder ist die Materie intelligent oder es gibt einen Schöpfer. Denn wenn man alle Atome schütteln würde, aus denen der Pfau zusammengesetzt ist, das würde doch niemals ein Pfau! Da kann man so lange schütteln, wie man will. Nach Millionen Jahren hätte man immer noch irgendeine graue Masse im Reagenzglas, aber nicht dieses wundervolle Rad, mit dem er das Weibchen beeindruckt. Ordnung entsteht aus Chaos nur, wenn Materie intelligent ist, wenn sie Geist hat und die Richtung kennt. Oder es gibt einen Schöpfer, der einfach sagt, „Es werde!", und die Materie gehorcht. Aber Zufall und Entwicklung: Einfach so aus dem Nichts, daran glaube ich nicht. Ich weiß also, woran ich nicht glaube, aber glauben tue ich deshalb noch lange nicht. Sicherlich nicht an einen Pfau, der notwendigerweise ein Rad schlägt, weil die Evolution das so wollte.

Faultier

Das dümmste Tier, das ich kenne, ist das Faultier. Wenn es einer gesehen hat, oben in der Baumkrone, ist es aus. Es läuft nicht weg, es beißt nicht, es hängt einfach da und wartet, bis es einer abpflückt, wie eine reife Kokosnuss.

Die *Caboclos* in Brasilien mögen das Faultier. Sie sagen, es schmeckt fast so gut wie ein Hähnchen, wenn es gebraten ist. Da habe ich gesagt: „Ich tausche, ihr gebt mir das Faultier und ich kaufe euch ein Hähnchen." Das haben sie zuerst nicht geglaubt. Aber sie haben es leben lassen bis zum nächsten Tag. Da habe ich ihnen das Hähnchen gegeben und bin mit dem Faultier im Wald verschwunden. Aber einer hat sich die Richtung gemerkt und sie haben es wiedergefunden. Zwei Mal noch habe ich ihnen für dasselbe Faultier ein Hähnchen geben müssen. Dann war ich es leid. Sollen sie doch essen, was sie wollen! Und wenn man es recht bedenkt: Müssen drei Hähnchen sterben für ein einziges Faultier? Drei Leben für eines. Ist das gerecht?

Entwicklung

Wieder so ein Wort mit Ent, wie Enttäuschung. Ent bedeutet normalerweise das Gegenteil, scheint es, aber nicht immer. Manchmal verstärkt es auch irgendetwas, wie das Entlaufen oder Entspringen, oder es scheint, dass es nur stark ist, wenn es von Innen kommt wie das Entrücken.

Wickeln gibt es nur allein, wenn man ein Kind wickelt. Auch kann ich ihn am Wickel haben. Aber sonst braucht Wickeln immer Unterstützung. Einwickeln, Abwickeln, Entwickeln. Besonders das Entwickeln mögen sie, deshalb helfen sie dabei oder hängen etwas daran, wie die Entwicklungsgeschichte unserer Entwicklungsabteilung, die sich rasant entwickelt hat.

Vieles entwickelt sich von selbst. Eine Seidenraupe zum Beispiel. Zuerst wickelt sie sich ein, dann wickelt sie sich aus, aber erst, wenn sie sich entwickelt hat und fliegen kann.

Anderes entwickelt sich nicht so, wie es sollte. Ein Kind zum Beispiel spielt zu viel und will nicht lernen wie die anderen, da braucht es Nachhilfe.

Ich habe auch viel nachgeholfen in den letzten zwanzig Jahren. Mein Titel sagt das schon: Entwicklungshelfer, obwohl es eigentlich auch Nachhelfer heißen könnte. Als ich das erste Mal loszog, wusste ich noch genau, was das war, und war stolz darauf. Heute helfe ich zwar auch noch, aber in welche Richtung? Manchmal geht die Entwicklung nach hinten los, wie ein Schuss. Aus einem werden schnell viele und dann hat man eine Schießerei, Guerilla, Freiheitskampf, Krieg. Alles für den Fortschritt, so nennt man sie auch, die Entwicklung. Wenn es dann mit der Gerechtigkeit losgeht, ist es meistens zu spät. Dann hauen sie sich den Schädel ein, dass es eine Freude ist.

Wasser brauchen alle, deshalb habe ich überlebt. Wassermann haben sie mich oft genannt, dabei war ich ein Entwicklungshelfer, bin ich es noch? Die Worte mit Ent wollen mir nicht aus dem Kopf, wie Enttäuschung.

Hundert

Hundert Worte will sie haben, warum? Bei meinem Einstellungsgespräch vor zwanzig Jahren war es nur das, ein Gespräch. Gleich drei saßen vor mir und fragten allerlei, einer sogar auf Portugiesisch. Klar, die wollten wissen, ob ich das kann. Ein anderer war wohl ein Veteran, der sagte die ganze Zeit gar nichts. Der dritte war nur an Politik interessiert, was ich von der UNITA halte und der FRELIMO und ob ich Leonardo Boff kenne. Alles ein Kinderspiel für mich, damals. Vom Brunnenbau wollten sie gar nichts wissen, deshalb erzählte ich ihnen etwas von den Errungenschaften der Solartechnik, eine Neuigkeit damals.

Einstimmig hätten sie mich angenommen, sagte mir später die Sekretärin, bei einer Enthaltung. Das war wohl der Veteran. Heute verstehe ich ihn, ich würde jetzt auch den Mund halten in so einer Gesellschaft.

Aber jetzt will sie hundert Worte haben und das, was ich darüber denke. Lose aneinandergereihte Worte, um zu sehen, ob ich noch tauglich bin für die Entwicklungshilfe. Das habe ich natürlich sofort gemerkt, dass sie das Wort nicht mehr gebrauchen. Heute sagen sie technische Zusammenarbeit, aber das ist eigentlich das Gleiche. Das Prinzip ist, das die da unten weniger können als wir. Da wird dann so lange geholfen oder zusammengearbeitet, bis die es können. Darum geht es, das ist zumindest die Idee und nicht die schlechteste. Will ich deshalb wieder raus?

Ich dachte zuerst, beim Test in der Zentrale vor drei Tagen, dass sie so etwas wie einen Arbeitsbericht haben wollten, eine zusammenhängende Darstellung meiner Erfahrungen, eine kritische Selbsteinschätzung. Aber nein. Sie wollen nur lose Worte und das, was ich darüber denke. Wenn sie mir wenigstens eine Liste mit hundert Wörtern gegeben hätten. Dann sähe man vielleicht eine Linie und ich wüsste, worauf sie hinauswollen. Aber seit sie nicht mehr von Entwicklungshilfe sprechen, sondern es technische Zusammenarbeit nennen, wissen sie vielleicht selbst nicht mehr so genau, worum es geht. Zusammenarbeit, dass ich nicht lache! Im Faltblatt des Ministeriums habe ich gelesen: Technologietransfer. Das klingt noch besser! Sie wollen sicherlich wissen, ob ich die neuen Begriffe kenne. Aber da braucht man nur die Faltblätter zu lesen und man merkt schnell, wo der Hase langläuft. Es ist wohl besser, ich streue das eine oder andere neue Wort hier ein, sonst denken die noch, ich wäre von gestern. Dabei war ich nur zwanzig Jahre weg und ich will wieder raus.

Deutsch

Obwohl ich ein Techniker bin, habe ich immer gerne gelesen. Deutsche Bücher gab es nicht da unten. Nur die, die ich selbst dabeihatte und später dann die von Amazon, das war dann einfacher. Es ist schon anders, wenn man ein Buch liest, das keiner versteht, außer man selbst. Wegen der Sprache, meine ich. Deutsch spricht hier keiner, Deutsch versteht keiner. Deutschland gibt es nicht mehr, nachdem man den Flughafen verlassen hat.

Wenn man aber liest, ist es, als ob jemand von zu Hause etwas zu dir sagt. Hörst du auf zu lesen, verschwindet die Stimme aus deinem Kopf. Sie ist ja nicht im Ohr, sie ist im Kopf. Alle um dich herum reden Portugiesisch oder Kreol, ein Mischmasch aus allem Möglichen, nur in deinem Kopf spricht jemand über die Prostituierten am Nebentisch: Blickend und winkend sind sie bedeutend, aber sobald sie den Mund auftun, laufen sie große Gefahr ihres Nimbus verlustig zu gehen.

Das hört sich merkwürdig an, weil es stimmt und weil du allein bist mit dieser Stimme. Da, wo ich bin, ist Deutschland, hat er auch einmal gesagt, aber ich weiß, dass das nur ein Trost war, für die Geflüchteten. In Wahrheit ist man weit weg. Man wäre tatsächlich niemand, wenn man nicht die Kreditkarte hätte und den Pass.

Es ist aber nicht die Einsamkeit, das könnte man meinen, dass die ein Problem ist. Aber sie ist es nicht, denn man ist nicht allein. Überall sind

Menschen, die lachen, die beobachten dich, fassen dich an. Es ist, dass alles merkwürdig wird, mehr noch als es vorher schon war. Und nicht das Neue, das man nicht kennt. Das weiß man ja, dass das anders ist. Nein, das Bekannte, das, was man immer kannte, das wird plötzlich fremd und ist es gleichzeitig nicht.

Ich hätte nie gedacht, dass Worte merkwürdig sind oder es werden können. Eines Tages bekam ich einen Brief vom Ministerium, der fing an mit: „Lieber Kollege...", da erschrak ich. Wie kann man nur in einem Geschäftsbrief von Liebe reden und das gleich am Anfang? Es war ein Schreiben von einem Mitarbeiter aus dem Brunnenprojekt, eine Einladung zur Regionalkonferenz Südliches Afrika, nun gut. Aber ich war misstrauisch geworden. Redete man sich in Deutschland wirklich so an? Ich wusste nicht, wie ich ihm antworten sollte. Sollte ich auch von Liebe reden, gleich am Anfang?

Ich kramte in der Korrespondenz der vergangenen Jahre und es war wirklich so. Unter Kollegen sagte man „lieber" oder auch „mein Lieber", aber sie dachten sich nichts dabei. Ich selbst habe mit „sehr geehrter" geantwortet, die Liebe gehört nicht hierher, fand ich.

Lachen

Viele denken, dass alles die gleiche Bedeutung hat. Sie meinen, dass ein Bier überall auf der Welt ein Bier ist, und das stimmt ja auch. Trotzdem sagt man oft das Gleiche, aber das ist es nicht. Das ist vielleicht das Schwierigste überhaupt, wenn man

Rot sieht, dass es auch tatsächlich rot ist, aber gleichzeitig auch nicht. Deshalb hat einer gesagt, Brasilien ist nicht für Anfänger. Das kann sein, nach Angola und Mozambique.

Ein Anfänger ist kritisch. Er weiß, dass Rot eine Farbe ist. Er kennt alles über das Farbspektrum, Komplementärfarben, Wellentheorie, Lichtgeschwindigkeit, einfach alles. Wenn der in Brasilien Rot sieht, fragt er natürlich nach. Ist das auch wirklich rot, wie lange schon und wer hat das gemacht? Vielleicht ist es so, dass er zu viel auf einmal sieht oder alles wissen will, denn am Ende des Gesprächs ist seine Brieftasche weg.

Einen habe ich gekannt, der jahrelang in Borneo war. Harter Bursche. Man kann nun wirklich nicht sagen, dass der ein Anfänger war. Der war so gut, dass er nach zwei Jahren sagte: „Bis heute habe ich dieses Land nicht verstanden." Er hatte in der Zwischenzeit ein Kind mit einer Prostituierten, die ihm in einem Prozess einen Haufen Geld abluchste. Dann ist er zurück nach Deutschland und auch wohl noch da. Muss ihn wohl an Borneo erinnert haben, wer weiß. Was ganz anders ist, versteht man besser. Doch Brasilien ist fast gleich. Wenn man denkt, „ich habe es", ist es plötzlich weg. Deshalb muss man viel Humor haben, sonst hat man nichts zu lachen.

Demokratie heißt hier so viel wie Eintritt frei! Aber auch das stimmt nicht. Diktatur ist natürlich etwas ganz anderes. Da sind alle dagegen und man denkt, man wäre einer Meinung, aber die Deutschen denken an Hitler, KZ, Gestapo und

Krieg, die Brasilianer hingegen denken an... An was eigentlich? Viele haben mir gesagt, dass es besser war, unter den Militärs. Das darf man in Deutschland nicht laut sagen, sonst stecken sie einen wieder dahin, wo man nicht sein will. Gerade die Worte, die den Deutschen sehr wertvoll sind, wie Verfassung, Recht oder Staat, sind es den Angolanern natürlich auch, sagen sie. Aber dann geht es los. Was ein Staat ist, wissen die gar nicht, ist manchmal mein Eindruck. Kann das sein? Und wer nicht weiß, was ein Staat ist, wie soll der wissen, was Demokratie ist. Aber ich merke schon, dass jetzt alles schief wird, deshalb ist es besser, man lacht. Das habe ich gelernt, da unten, das Lachen.

Verrückt

Die Worte werden verrückt, wenn man lange weg ist. Sie rücken von dem ab, was sie zu Hause bedeuten. Nicht völlig, sie sind nicht das genaue Gegenteil. Das wäre einfach. Manchmal nur ein bisschen, dass man es kaum merkt, und so fängt es an. Es ist ein langsames Gleiten, bis man eines Tages denkt, dass man selbst verrückt geworden ist. Aber das stimmt nicht, die Worte sind es. Und jetzt traut man keinem mehr, keinem Wort.

Auch redet man die ganze Zeit in einer anderen Sprache. Zuerst übersetzt man noch, dann springen die neuen Worte direkt von den Dingen ins Auge. Man merkt sie sich und sagt sie dann. Die Muttersprache schläft, immer seltener kommt sie über deine Lippen. Bei deinen Besuchen in Deutschland vielleicht, die dann immer seltener werden oder wenn jemand dich besucht, ein Tourist. Und dann fängst du an, nach den verrückten Worten zu suchen, die dann merkwürdig klingen. Warum heißt sie Muttersprache und warum sagt man Vaterland? Heimatland, Geburtsland, Herkunftsland, Pommernland ist abgebrannt.

Sie stellen viele Fragen, die Besucher. Und immer sagen sie: „Das gibt es auch in Deutschland." Dann merkst du, dass du dich falsch ausgedrückt hast, oder dass sie falsch gehört haben. Sie haben sich verhört und bald wird das ganze Gespräch zu einem Verhör, und keiner versteht dich, obwohl du alle Fragen beantwortest.

So wirst du von Jahr zu Jahr einsamer mit deiner Sprache, die nur deine Mutter versteht, aber die ist schon tot. So denkst du von einem Wort zum andern und kommst nicht weiter. Das Vaterland, gibt es das noch?

Wenn du so weit gegangen bist mit den Fragen, bist du draußen. Man darf nicht zu lange ins Andere sehen und dort lange leben noch weniger. Denn man gewöhnt sich daran, dass alles anders ist und das täuscht.

Dann sagen sie, du bist schon einer von uns. Das soll ein Lob sein, aber du erschrickst und lachst.

Bedeutung

Es ist schon merkwürdig, dass die Worte eine Bedeutung haben, auch wenn sie verrückt werden, aber die meisten Menschen nicht. Ich wollte immer eine Bedeutung haben oder etwas Bedeutendes machen, deshalb habe ich Brunnen gebohrt und Trinkwasser-aufbereitungsanlagen installiert. Heute weiß ich, dass die nur an das Wasser wollten, das Wasser war das Bedeutende, nicht ich. Deshalb will ich jetzt etwas anderes machen, wenn ich wieder unten bin.

Roman

„Dein Leben ist wie ein Roman", sagte mir ein Freund, der seit seinen Studienzeiten in Berlin wohnte und immer zu Hause geblieben ist. Er war schon besoffen, aber er musste es wissen, denn er hatte Germanistik studiert. Da habe ich zugehört und auch wohl die Hälfte verstanden, denn ich hatte auch schon so einiges getrunken. „Roman", sagte er, „kommt von Rom." Dann machte er eine lange Pause, sodass ich dachte, er hätte den Faden verloren. Als er plötzlich fortfuhr, stieß er fast mein Glas um, das ich von nun an in der Hand behielt, um einen Unfall zu vermeiden. Sei es wegen unseres steigenden Alkoholpegels, sei es, weil er wirklich ein ausgezeichneter Redner war, kam mir alles einleuchtend vor. Roman kommt von Rom. Das Wort Roman sagt es selbst. Und er zeigte mir an anderen Beispielen, dass die Worte selbst zeigen, wo es langgeht, oder besser, wo sie herkommen. Germane zum Beispiel kommt von Ger und Mann. Was ein Mann ist, weiß man ja, obwohl er ein N mehr hat. „Fehlt nur noch der Ger", rief er aus, „und wir haben es." „Ihn", warf ich ein und er nickte zustimmend. „Ger heißt Speer oder Lanze, die Germanen waren Lanzenmänner."

Er nahm jetzt einen Schluck, um diese beeindruckende Schlussfolgerung zu unterstreichen und blickte mir vielsagend in die Augen. „Lanzenmänner!"

„Und Rom?", warf ich ein. „Das hat ja mit den Germanen nichts zu tun", entgegnete er. „Eben", sagte ich. „Wie kommst du auf Rom?" „Wegen des Romans." „Genau", sagte er, „das wollte ich ja sagen." Und er nahm mich mit auf einen Rundgang durch Rom, nicht das antike, es musste wohl das Rom des achtzehnten Jahrhunderts gewesen sein. Autos gab es noch nicht, aber überall fuhren Droschken herum, deren Haupttätigkeit es war, Liebespaare durch die Gegend zu kutschieren, um sie dann im Schatten hoher Zypressen abzusetzen. War das ein Geflirte! Auf hunderten von Balkonen warteten schmachtende Römerinnen auf ihre Liebhaber. Gärten und duftende Sträucher verbargen glühende Küsse und wohl auch einiges mehr, wie der Germanist augenzwinkernd andeutete. Doch das Augenzwinkern gelang ihm nicht mehr, es wurde vielmehr ein verzweifeltes, seitliches Zerren der rechten Augenbraue daraus, was nicht ganz zu der Inflation romantischer Szenen passte, zumal es den begabten Sprecher von nun an in immer kürzeren Abständen krampfartig heimsuchte. „Romantisch!", rief er noch aus, „Roman kommt von romantisch!" Dann lehnte er sich erschöpft zurück und sah mich mit glasigen Augen und zuckender Braue an.

Westen

Ich sage immer oben statt Westen, obwohl oben auf einer Kugel überall sein kann, aber ich habe mich daran gewöhnt. Ich habe nichts gegen ihn, werde eher melancholisch, wenn ich an ihn denke. Das deutsche Stück des Westens liegt in der Mitte Europas. Die Mitte des Westens seinerseits liegt irgendwo im Atlantik, wegen der USA und Kanada. Von da aus gesehen liegt Deutschland eher am Rand. Als ein Teil Deutschlands noch im Osten lag, war alles einfacher. Da hieß es sogar Westdeutschland, was keinen Zweifel über die Lage zuließ, wenigstens dieses westlichen Teils.

Heute kritisieren ihn alle, am meisten die, die studiert haben. Denn wenn man lange studiert, dann entdeckt man, dass der Westen abgrundtief schlecht ist. Ich habe keinen Europäer in Afrika getroffen, der nicht auf ihn geschimpft hätte. Sie haben es den Einheimischen sogar beigebracht, das Schimpfen. Sie selbst waren eher neidisch, wollten dahin, wo die andern herkamen. Aber bald haben sie begriffen, dass sie nur nach oben kommen, wenn sie ihn kritisieren, den Westen.

Die Westler hören gerne von den Eingeborenen, dass sie, die Westler, ein Haufen habgieriger, goldsuchender Blutsauger sind. Sie drehen alles um. Aus der Rettung der gottlosen Indioseelen wird Zerstörung der einheimischen Kultur und manche beweisen dir, dass der Animismus und der Geisterglaube kulturell höherwertig sind als das Christentum. Zwei meiner deutschen Bekannten in Brasilien haben sich zum *Candomblé* bekehrt, einer afrobrasilianischen Religion. Einer hat es sogar zum „Vater der Heiligen" gebracht, nachdem sie ihn eine Woche in einem Haus eingeschlossen hatten, wo er fastete und alles Mögliche beten musste.

Sie hätten auch katholisch werden können, meine ich, denn das waren sie schon und es wäre leichter gewesen, einfach wieder in die Kirche zu gehen – die gab es ja an jeder Ecke, wegen der Missionierung vor Jahrhunderten. Aber das wollten sie nicht, das war Kulturimperialismus, sagten sie, die Ausbreitung des Christentums. Da hatten sie wohl recht, aber ihre neue Religion kam woher? Aus Afrika. Aber das war kein Kulturimperialismus, denn die kam mit den Sklaven.

Sie mochten alles, was von unten kommt, vor allem Sklaven und Afrika, was sie gar nicht kannten. Ich schon, deshalb habe ich nichts gesagt.

*

Ich hatte mich, mit dem Zug aus Frankfurt kommend, gleich in der Nähe des Hauptbahnhofs einquartiert. Seit meinem Gespräch mit der Psychologin waren schon einige Tage vergangen, vier, um es genau zu sagen. Wie viele Worte hatte ich schon? Ich zählte und erschrak. Nicht einmal die Hälfte hatte ich erreicht. Irgendetwas musste ich falsch machen. Der Test sollte zwei Stunden dauern, jene zwei, die ich grübelnd vor dem leeren Blatt Papier verbracht hatte. Jetzt schrieb ich schon vier Tage und kein Ende war in Sicht.

Ich hatte mich bereits mit Bodo getroffen und einen ganzen Abend verloren. Gut, auch den nächsten Morgen, wegen des Katers, aber ansonsten war ich im Hotel geblieben und hatte nachgedacht und dann das Nachgedachte aufgeschrieben wie ein gehorsamer Schüler. Warum sollte ich das Hotel auch verlassen? In Berlin kannte ich eh niemanden außer Bodo. Bodo! Der musste mir helfen. Er war der Einzige, den ich um Hilfe bitten konnte.

Wir trafen uns in einem dieser von Reisenden bevölkerten Cafés, gleich vor dem Hauptbahnhof. Er wollte es so. „Diesmal trinken wir Kaffee", hatte er schon am Telefon gesagt. „Okay", antwortete ich. Betrunken war er ohnehin unnütz. Ich brauchte seinen Scharfsinn und seine Beredsamkeit, die, so hoffte ich, in einer raschen Produktion der fehlenden freien Assoziationen münden würde.

Er war schon da, als ich kam. Ein echter Zitronenbusch, der aussah, als ob er aus Plastik war, verdeckte seinen linken Arm. Er hatte sich an den Rand der Terrasse gesetzt und hielt seine Zigarette so weit wie möglich vom Eingang entfernt. Drinnen durfte man nicht rauchen und er, das hatte ich schon bei unserem letzten Treffen bemerkt, hatte sich zu einem stattlichen Kettenraucher entwickelt.

Ich legte die Blätter mit meiner Produktion freier Assoziationen neben seine Kaffeetasse und schilderte meine Notlage. Nie würde ich in den noch verbleibenden drei Tagen fertig, ob er mir nicht beispringen könne. Bodo zerdrückte die letzte Zigarette zwischen den Tonkügelchen, die sorgsam die Blumenerde bedeckten, welche dem Zitronenbusch Nahrung gaben.

Bodo nahm sich Zeit, er las. Die Zeit, die er sich nahm, war meine, die ich verlor, denn dieses Treffen würde mich sicherlich einen ganzen Nachmittag kosten. Wenn er mir nicht half, war ich verloren.

Schließlich lehnte er sich zurück, langsam den Rauch durch die Nasenlöcher entlassend.

„Ich versteh' dich", sagte er, „aber das ist ein Roman, was du geschrieben hast, keine spontane Assoziation zu freigewählten Begriffen oder Worten."

„Ein Roman?"

„Natürlich ist das kein Roman! Ich will sagen, es ist zu lang, zu breit, zu weitschweifig. Das will deine Psychologin nicht."

„Was will sie denn?"

„Ein Wort und ein anderes, was dir dazu einfällt. Das geht im Handumdrehen."

Und er führte mir gleich vor, wie es geht.

„Schwarz, was fällt dir dazu ein?"

Ich stockte, dachte an eine dunkle, mondlose Nacht. Neger, die um ein Feuer tanzen. Die schwarze Kleidung einer Trauergemeinde …

„Weiß", sagte er, „ganz einfach weiß, das ist das Gegenteil von schwarz und das fällt jedem normalen Menschen dazu ein."

Jetzt präsentierte er selbst eine ihm einfallende Reihe von Worten, die er gleich mit ihrem entsprechenden Gegenstück versah. Ich konnte kaum so schnell mitschreiben, wie er sprach.

„Frau, Mann. Junge, Mädchen. Gott, Teufel. Himmel, Erde. Oben, unten." Und so weiter und so weiter.

„Halt!", ich brauchte eine Pause, die er mir unwillig gewährte, denn er hatte sich in Rage geredet.

„Steck dir eine an und lass uns noch einen Kaffee bestellen."

„Du hast Recht", sagte er, „wozu die Eile?"

Wir wechselten in ein anderes Café, um den misslaunigen Blicken des Kellners zu entgehen, der schon vor geraumer Zeit unsere Tassen abgeräumt und den Tisch abgewischt hatte.

Ich wollte es kaum glauben, nach einer weiteren halben Stunde hatte ich doch tatsächlich meine Liste mit den hundert Worten komplett. Gut, der zweite Teil war aus meiner Sicht etwas einsilbig, bestand er doch ausschließlich aus Gegensatzpaaren, aber das oder etwas Ähnliches war es wohl, was die Psychologin von mir wollte. Ich hatte keine andere Wahl, als auf Bodo zu vertrauen, der zudem einmal mit einer Psychologin verheiratet gewesen war, was seine

Glaubwürdigkeit erhöhte. Während er redete, reicherte er immer mal wieder seinen Kaffee aus einem kleinen mitgebrachten Fläschchen mit Rum an.

Morgen schon wollte ich meinen Test abgeben. Ich wollte weg, diese Stadt und das Leben im Hotel behagten mir nicht und meine Rolle als Bewerber für weitere zehn Jahre in der Entwicklungshilfe noch weniger. Technische Zusammenarbeit heißt es, pardon, beinahe hätte ich die neue Bezeichnung vergessen.

Doch jetzt musste ich Bodo mein Ohr schenken. Seine Aufmerksamkeit und Hilfsbereitschaft ließen es nicht zu, mich einfach mit einem Dankeschön zu verdrücken. Der Rum im Kaffee tat seine Wirkung, Bodo erzählte und ich hörte zu.

Einige Ereignisse, die er meist in wehleidigem Tonfall kommentierte, kannte ich noch. Es waren die aus unserer gemeinsamen Gymnasialzeit, doch dann berichtete er von seinem Leben mit seiner Ex, die wohl in der ersten Zeit eine Superfrau gewesen sein musste, dann aber mit wehenden Fahnen zum Feminismus überlief. Er gebrauchte tatsächlich diesen Ausdruck: „mit wehenden Fahnen zum Feminismus überlief." Ich lachte.

„Was gibt es da zu lachen?"

Ich hatte mir eine Frau mit langen, im Wind flatternden Haaren vorgestellt. Sie lief den Strand entlang, mit einer roten Fahne in der Hand, Bodo rannte hinter ihr her, gefolgt von Alice Schwarzer und einer Gruppe besenschwingender Feministinnen.

„Nichts", sagte ich.

Von nun an stritten sie nur. Erst über Bücher, Filme und Ideen und in den letzten Jahren, als sie schon eine Stelle hatte und er Deutschlehrer geworden war, über Hausarbeit und Geld. Ach ja, da waren auch noch die anderen Männer, denen sie wohl ebenfalls zeigen wollte, wo es langgeht, und dabei nicht vergaß, mit ihnen ins Bett zu gehen.

„Was sollte ich machen?", sagte er und sah mich plötzlich direkt an, sodass ich mich genötigt fühlte, etwas zu sagen.

„Warum habt ihr euch nicht getrennt?"

„Das haben wir ja, das heißt, sie hat mich verlassen. Ich habe ihr alles verziehen, aber sie hat mich verlassen."

Bodo machte einen derart jämmerlichen Eindruck, dass ich nicht anders konnte, als ihm kameradschaftlich auf die Schulter zu klopfen.

„Sei doch froh, dass alles vorbei ist."

„Das bin ich ja. Aber seitdem trinke ich."

„Wie lange schon?"

„Seit sie weg ist, zwei Jahre vielleicht."

Ich hatte gedacht, dass Bodo meine letzte Rettung war, und in Bezug auf den Test stimmte das auch. Aber jetzt drehte sich die Sache um. Offenbar hatte Bodo in mir den Strohhalm gesichtet, an dem er sich festzuhalten beabsichtigte. Ich lehnte mich zurück, um wenigstens körperlichen Abstand zu gewinnen, was gründlich misslang, denn Bodo rückte mit seinem Stuhl näher an mich heran und blies mir seine Rumfahne ins Gesicht.

„Was soll ich machen?"

Er stellte mir dieselbe Frage, die ich ihm einige Stunden früher gestellt hatte.

Am nächsten Tag steckte ich meine hundert Worte in einen Umschlag und brachte ihn zum Ministerium, wo er von einer lächelnden Dame entgegengenommen wurde.

„Wir werden das weiterleiten."

„Vielen Dank", sagte ich, und schon stand ich wieder draußen, von einem unfreundlichen Aprilwetter daran erinnert, dass ich in Berlin war.

Ich hatte für meinen Aufenthalt in Deutschland nur wenige Tage veranschlagt und es für unnötig gehalten, mir einen neuen Chip für das Handy zu kaufen; mein Handy aus Angola funktionierte hier nicht. Jetzt musste ich im Hotel bleiben, um erreichbar zu sein und bedauerte meine Unterlassung. Wie lange würde die Psychologin brauchen, um den Test auszuwerten? Und wie lange würde es dauern, bis ich einen neuen Vertrag hatte?

Ich schaltete zwischen dutzenden von Kanälen hin und her, von denen auf dreien oder vieren über den Krieg, den Holocaust oder Ähnliches diskutiert wurde. Bald hatte ich die Tütchen mit den Erdnüssen geplündert, die verführerisch auf der Minibar aufgefächert waren. Ich dachte an Bodo und seine unglückliche Liebe. Warum hatte er sich auch solch einer untreuen Frau unterworfen! Ich war froh, dass ich mich nie langfristig gebunden hatte. Was man nicht hat, das kann man auch nicht verlieren. Eine alte Weisheit, die sie mir mehrmals im Busch mit auf den Weg gegeben hatten. Zur Mittagszeit, als ich das aufs Zimmer bestellte Sandwich gerade verzehrt hatte, klingelte das Telefon. Es war Bodo.

Ich versuchte ihn abzuwimmeln. Könnte nicht raus, weil ich müde wäre, weil ich einen Anruf vom Ministerium erwarte, weil mir zudem nicht wohl sei, denn ich hätte drei Tüten Erdnüsse gegessen und ein zwei Tage altes Sandwich hätte mir den Rest gegeben. Er lachte. „Scherzbold!", sagte er und fügte hinzu, „ich bin gleich da."

Eine halbe Stunde später rief eine Sekretärin vom Ministerium an und fragte, ob ich Zeit hätte zu kommen. Wenn ja, könne mein Fall noch in die heutige Tagesordnung aufgenommen werden, die Kommission käme um sechzehn Uhr zusammen.

Mein Fall? Ich war ich, aber doch kein Fall. Doch über die Ungereimtheiten der deutschen Sprache wollte ich mir nicht mehr den Kopf zerbrechen und machte mich auf den Weg.

Fast schon im Ausgang des Hotels lief ich Bodo in die Arme.

„Wenn du willst, warte hier auf mich, ich muss ins Ministerium." Fast hätte ich gesagt, dass die Wildnis rufe, aber ich sagte: „Die Pflicht ruft", und ließ den verdatterten Freund im Foyer stehen.

Im Ministerium warteten sie schon auf mich. Zwei Frauen, eine davon die Psychologin, und ein Mann, der mich an meinen alten Lateinlehrer erinnerte und mir gleich die Hand entgegenstreckte.

„Setzen Sie sich!"

Die Psychologin wedelte sich mit meinen hundert Worten Luft zu. Oder wollte sie ihr Parfüm nur gleichmäßig im Raum verteilen? Es war betörend, zumal sie ihre blauen Augen an meinem Körper herabgleiten ließ, weshalb ich schnell der Aufforderung des Lateinlehrers nachkam und mich setzte.

„Sie wollen also wieder raus?"

„Ja", sagte ich.

Der Mann, der anscheinend dieser Kommission vorsaß, war der Einzige, der überhaupt redete.

„Sie waren also schon in Mozambique, Angola und Brasilien, wie ich sehe." Er blätterte in meiner Personalakte.

„Heute haben wir ja alles digital, aber als sie angefangen sind, da gab es noch Papier." Es schien, als ob ihm das Papier peinlich war.

„Fünf Jahre jeweils und dann nochmal fünf in Brasilien, zusammen zwanzig."

„Ja", sagte ich.

„Wie alt sind Sie jetzt?"

„Zweiundfünfzig", antwortete die Psychologin und lächelte mich an.

„Fühlen Sie sich nicht zu alt für diese harte Arbeit und das in der Hitze?"

„Ja", sagte ich.

„Na, das ist gut, dass Sie das selbst sagen. Da müssen jetzt Jüngere ran, nicht wahr?"

Was hatte ich da gesagt? Offenbar hatte ich meinem Todesurteil zugestimmt, ich sackte auf meinem Stuhl zusammen, der Vorsitzende redete weiter, aber ich verstand nichts mehr.

Schließlich sagte er: „Das Auswärtige Amt will Sie haben."

Ich rappelte mich zusammen. Der Psychologin war offenbar mein Zustand nicht entgangen.

„Das wäre doch was für Sie. Sie schreiben doch gerne." Und sie hob wie zum Beweis den Umschlag mit meinem Test in die Höhe.

Die zweite Dame gab sich jetzt als Mitarbeiterin des Auswärtigen Amtes zu erkennen und sagte: „Dann sehen wir uns morgen wieder, sagen wir um 9 Uhr früh. Okay?", was alle zum Anlass nahmen, sich zu erheben.

Damit war die Sitzung beendet und ich wankte wie benommen zum Hotel zurück, den leeren

Umschlag in der Hand, den mir die Psychologin zurückgegeben hatte. Irgendetwas hatte sie darauf gekritzelt. Erst im Hotel, als ich den Umschlag schon zusammenknüllen wollte, sah ich, dass es eine Telefonnummer war.

Bodo wartete immer noch auf mich. Ich überließ ihm den einzigen Stuhl in meinem Zimmer und setzte mich auf die Bettkante. Als er schließlich aufhörte zu reden, war es schon dämmrig.

„Ich muss jetzt schlafen", sagte ich, „morgen habe ich einen Termin."

„Danke für dein Verständnis", sagte Bodo und wischte sich über die Augen. Ich öffnete die Tür und bugsierte ihn hinaus.

Ich erwachte, als es noch dunkel war und lag da, wie ein Gefangener in seiner Zelle. Ein Bürokrat sollte ich werden? Bis zu meiner Pensionierung hinter einem Schreibtisch sitzen? Mir graute vor dem, was sie mit mir vorhatten. Was sollte ich tun? Gab es einen Ausweg? Doch je länger ich dalag und grübelte, desto aussichtsloser erschien mir meine Zukunft.

Bald wurde es hell und der April zeigte sich von seiner freundlichen Seite. Eine matte Röte überzog den Horizont und ließ bald die Fenster der gegenüberliegenden Häuserfront eine zaghaft aufgehende Sonne reflektieren. Als das Licht die letzten Schatten der Nacht vertrieben hatte, schellte das Telefon. Ich dachte, es wäre jemand vom Auswärtigen Amt, aber es war Bodo.

„Entschuldige, dass ich dich so früh anrufe."

„Macht nichts", sagte ich.

„Ich wollte mich noch einmal für gestern bedanken."

Ich wusste beileibe nicht, wofür sich dieser Mensch bedankte und was er wieder von mir wollte.

„Mir ist jetzt vieles klarer", sagte er.

Ehe er eine Chance hatte, mir wieder seine Lebensgeschichte zu erzählen, fiel ich ihm ins Wort.

„Dann ist ja alles okay. Ich muss jetzt los."

Ich wünschte ihm noch einen guten Tag, versicherte ihm, dass er mich jederzeit sprechen könne und legte, nachdem die Verbindung beendet war, den Hörer neben den Apparat. Ich hatte andere Sorgen.

Das Auswärtige Amt hatte etwas Einschüchterndes, vielleicht trugen meine lässige Kleidung und mein misstrauischer Gesichtsausdruck dazu bei, dass ich gar nicht erst durch die Eingangskontrolle kam. Bis sie verstanden, dass ich tatsächlich einen Termin hatte, dauerte es etliche Telefonate und eine sorgsame Inspektion meines Passes. Meinen Personalausweis schob der Beamte wortlos zurück, er war schon seit Jahren ungültig.

Schließlich erschien die Dame aus der Kommission und lotste mich durch die Kontrolle.

„Es ist alles in Ordnung!" Das war wohl das Passwort, um aus abweisend blickenden Beamten, beflissentlich lächelnde Menschen zu machen.

Irgendwo im Innern blieb sie vor einer der vielen Türen stehen, schob ihre Karte durch den Schlitz über der Klinke und bat mich einzutreten. Ich hatte wieder eine Kommission erwartet, aber zu meiner Überraschung war niemand im Raum.

„Das ist mein Reich", sagte die Dame, „setzen Sie sich doch."

Die Tür war hinter mir unhörbar ins Schloss gefallen. Überhaupt waren alle Töne merkwürdig gedämpft.

„Ein Kaffee gefällig?"

Bald saß ich, die Kaffeetasse mit beiden Händen umklammernd, vor dieser Dame, von der ich noch nicht einmal den Namen wusste, die aber meine Zukunft in der Hand hatte.

„Wir haben Ihre Laufbahn aufmerksam verfolgt. Zwanzig Jahre draußen, das ist schon was."

„Ja", sagte ich.

„Alles Portugiesisch sprechende Länder. Mozambique, Angola und zuletzt Brasilien."

„Ja", sagte ich, „waren alles Kolonien Portugals, deshalb." Sofort bereute ich es, etwas gesagt zu haben, was sich wie eine Belehrung anhörte. Sie lächelte.

„Es geht um Folgendes: Wir brauchen jemanden, der Erfahrungen mit Brasilien hat, der uns Hintergrundinformationen bringt, der versteht, was dort tatsächlich abläuft. Die Journalisten, auch die, die vor Ort sind, reproduzieren nur Klischees, sind meistens Sympathisanten der Arbeiterpartei und schreiben dementsprechende Artikel. Das nützt uns nichts. Wir wollen wissen, wer was macht, wer wie denkt, wer zuverlässig ist und wer nicht."

„Wir?"

„Der BND."

Ich sah sie ungläubig an.

„Sie wissen nicht, was das heißt?"

Ich wusste es.

„Bundesnachrichtendienst."

„Genau. Und da Sie, wie Sie selbst eingesehen haben, langsam aus dem Alter kommen, indem man in der Sonne steht und Anlagen installiert, möchten wir Ihnen das anbieten. Ein interessanter Job, wie ich meine, bei übrigens guter Bezahlung."

Ich konnte meine Freude nicht verbergen. Ich durfte wieder raus! Kein Bürokratenjob in Berlin! Brasilien!

„Ausgezeichnet", sagte ich, „wann geht es los?"

Jetzt war es an der Dame, überrascht zu sein. „Sie haben es ja eilig! Aber wir lagen mit unserer Einschätzung wohl richtig, dass Sie der Richtige sind. Aber so schnell geht das nicht. Ein Kollege wird Sie näher instruieren und einen neuen Pass brauchen Sie auch. Ich denke, wenn alles glatt läuft, können Sie in zehn Tagen fliegen."

Fast wäre ich der unbekannten Dame um den Hals gefallen. Es war, als ob sich der Horizont auftat und mich in seine unermessliche Weite rief. In die schier endlose Savanne Afrikas, in die ausgetrockneten Ebenen im Nordosten Brasiliens, wo die Menschen auf den nächsten Regen warteten. Doch eine respektfordernde Stimme holte mich in die Realität zurück.

„Übrigens, ab jetzt gelten Klosterregeln. Absolutes Schweigen über Ihre Arbeit und Ihre Auftraggeber. Mich selbst haben Sie nie gesehen und meinen Namen wissen Sie auch nicht."

„Den weiß ich wirklich nicht."

Sie lachte. „Sie haben schnell gelernt. Morgen kommt ein Kollege in Ihr Hotel und wird Ihnen die Einzelheiten erläutern. Bleiben Sie erreichbar."

In den nächsten Tagen machte ich so etwas wie einen Schnellkursus für sozialwissenschaftliche Feldarbeit. Zumindest empfand ich es so. Es ging um Datenerhebung, Datenauswertung und Datenübermittlung. Die Vorstellung einer Software zur Verschlüsselung gehörte ebenso dazu, wie die Unterweisung darin, wie man mit einem Handy verdeckt scharfe Fotos schießt. Das Handy gefiel mir, es sah aus wie alle anderen Handys, vielleicht war es etwas unscheinbarer als die momentanen Marktführer, aber es hatte es in sich.

„Das dürfen Sie behalten", sagte der Coach am letzten Tag. Er hatte sich so vorgestellt, als ich ihn nach dem Namen fragte. „Coach, sagen Sie einfach Coach zu mir."

„Damit Sie es wissen, im Handy ist ein GPS, wir wissen immer, wo Sie sind. Falls Ihnen etwas zustößt und Sie können noch zwei Finger bewegen, drücken Sie auf die eins und die sieben gleichzeitig."

Er lachte und schlug mir auf die Schulter. „War nur ein Spaß!"

Am nächsten Tag übergab mir der Coach meinen neuen Pass. Es war ein Diplomatenpass, der auf den Namen Wassermann ausgestellt war. Außerdem bekam ich eine Kreditkarte und ein Flugticket nach Rio de Janeiro.

„Übrigens, wenn Sie einer nach Ihrem Beruf fragt, sagen Sie, dass Sie Entwicklungshelfer sind und dass Sie das machen, was Sie immer gemacht haben: Brunnen bauen und Trinkwasseraufbereitungsanlagen installieren."

Ich war also der, der ich immer gewesen war, nur sollte ich jetzt Berichte schreiben, aber worüber eigentlich?

„Das sagen wir Ihnen, wenn Sie da sind." Mit diesen Worten verabschiedete sich der Coach. Ich war endlich wieder allein.

Die letzten Tage hatten mich doch ziemlich erschöpft. Nicht, dass ich müde war, oder dass die paar Stunden Arbeit am Tag zu viel gewesen wären. Nein, da war ich anderes gewohnt. Es war der Ton, in dem diese Leute mit mir redeten. Eine mir unbekannt gewordene Kühle umgab diese Frauen und auch der Coach war bis auf den einen oder anderen humorigen Ausrutscher ein trockener Geselle, der nur an Algorithmen und Daten dachte. Aber was sollte es. Ich hatte meinen Job behalten und durfte wieder reisen. Ich konnte mich also nicht beklagen.

Auch Bodo fiel mir wieder ein. Der Coach hatte immer das Telefon blockiert, wenn er mich instruierte. Ob Bodo versucht hatte, mich zu erreichen? Ich beschloss, mir die Beine zu vertreten, denn es hatte aufgehört zu regnen. Diese letzten Apriltage erinnerten schon an den aufkommenden Mai. Die Spatzen zirpten, überall spross das erste Grün und ein schwermütiger Duft zog durch die Straßen Berlins.

Ich hatte den Krieg nicht erlebt, aber immer, wenn ich durch diese Stadt ging, sah ich Trümmer. Warum? Nichts erinnerte mehr an die zerborstenen Dächer und die eingestürzten Mietkasernen, selbst die Nachkriegszeit mit ihren Besatzungszonen und der Mauer war lange vorbei. Aber etwas ging von diesen reparierten Fassaden aus, das mich bedrückte.

Die verbleibenden Tage vertrieb ich mir mit nachdenklichen Gängen durch Stadt. Manchmal nahm ich eine Metro, stieg irgendwo aus und lief weiter, bis mich die strapazierten Beine zwangen, eine Rast zu machen.

Eine Kneipe hatte einige Tische vor die Tür gestellt, zu früh für die Jahreszeit, fand ich. Die Stühle waren noch nass vom letzten Regen. Ich ging hinein.

Im Dämmerlicht des nach abgestandenem Bier riechenden Inneren erkannte ich zunächst nur die Umrisse der Theke, die gleich zur Rechten neben der hinter mir mit Wucht zuschlagenden Eingangstür begann. Eine massige Gestalt kam aus dem Halbdunkel auf mich zu, es war der Wirt. Auffordernd legte er seine Pranke auf den Tresen.

„Und?"

„Einen Kaffee, bitte."

„Ham wa nich."

„Dann ein Pils."

Er zog die Pranke, auf dessen Fingern je ein Buchstabe tätowiert war, zurück. Als er das Glas vor mich hinstellte, konnte ich die einzelnen Zeichen entziffern. L-L-E-H, stand da, was natürlich nur andersherum Sinn machte: HELL.

„Prost", sagte ich und hob das Bier. Er sah mich kurz an, dann setzte er sich auf einen Hocker ans andere Ende der Theke, öffnete ein Paket mit

Bierdeckeln und begann, sie auf Serviertabletts zu verteilen, die aufgestapelt vor ihm standen.

Die Telefonnummer, welche die Psychologin auf den Umschlag gekritzelt hatte, war schon in meinem neuen Handy gespeichert, doch ich hatte bisher keine Lust verspürt, sie anzurufen. Zu sehr erinnerte ich mich noch an den Druck, den sie mit ihrem Test auf mich ausgeübt hatte. Doch genau in diesem Moment vibrierte das Handy in meiner Hosentasche.

„Wo bist du?", fragte sie.

„Wo bin ich?", fragte ich den Wirt, der kurz aufsah und eine Hand hinter das Ohr legte.

„Wo bin ich?"

„Im Arsch!", antwortete er.

Ich fühlte mich auf den Arm genommen und hätte den Hörer zugehalten, um ihm entsprechend zu antworten, aber Handys haben keine Hörer. So wiederholte ich meine Frage, freundlicher als beim ersten Mal.

„Ich möchte gerne wissen, wo ich mich hier befinde."

„Im Arsch!", sagte er mit jetzt deutlich erhobener Stimme und deutete auf die Getränkekarte, die neben mir auf dem Tresen lag. Dort stand tatsächlich: ARSCH – Bier, Rauch und Meer.

Jetzt war es an der Psychologin, amüsiert nachzufragen. Doch bald hatte sie die Kneipe bei

Google Maps gefunden und versicherte mir, dass die ganz in ihrer Nähe wäre.

„Sagen wir fünfzehn Minütchen?"

Sie hatte Minütchen gesagt, was ich als angekündigte Verspätung interpretierte. Ich bestellte mir noch ein Pils.

„Kommt noch wer?"

„Ja", sagte ich.

„Dann werde ich mal noch ein Fass aufmachen", sprach er und ließ mich vor meinem überlaufenden Glas sitzen. Offenbar hatte der Mann Humor.

Mittlerweile hatte er die Musikanlage angestellt und ich tippte, als er mir das dritte Bier brachte, auf die Getränkekarte, dort wo „Bier, Rauch und Meer" stand.

„Was habt ihr denn sonst noch außer Bier?"

„Ihr? Siehste doppelt?" Und er drehte sich zur Seite, so, als ob er jemanden suche.

„Kannst ruhig du sagen. Ich bin der Arno, Arno Schlehdorn, kurz ARSCH", und er reichte mir seine Hand über die Theke, die, um unserer Freundschaft Nachdruck zu verleihen, die meine fast zerquetschte.

„Gurken und Erdnüsse." Ich verstand nicht gleich und sah ihn verdattert an.

„Außer Bier und Rauch haben wir Gurken und Erdnüsse."

Jemand versuchte die Tür von außen zu öffnen.

„Bestimmt eine Frau", sagte Arno. „Mach mal auf, die schafft das nicht alleine!"

Offenbar unerfahren mit Kneipentüren versuchte sie, diese nach innen zu öffnen, ohne Erfolg. Als ich dann die Tür nach außen drückte, wäre die Psychologin fast gestürzt. Doch nach einigen unsicheren Trippelschrittchen auf ihren hochhackigen Schuhen fing sie sich. Wohl auch, weil sie meinen ausgestreckten Arm ergriffen hatte. Sie lächelte.

War es nicht zu kalt für dieses hübsche Sommerkleidchen? Auf dem Hocker schlug sie die Beine übereinander und kämpfte einige Momente mit den auseinanderklaffenden Rockschößen.

„Du, ich wollte noch einmal mit dir reden." Ich schwieg, wohl auch, weil ich es insgeheim genoss, nicht mehr machen zu müssen, was diese Frau von mir wollte, und sie jetzt in einer recht hilflosen Situation sah. Schließlich hatte sie den ersten Zug gemacht und ich konnte warten.

„Puh, ist das jetzt schwierig." Leicht errötet und mit festem Vorsatz ihre ernste Rolle nicht so ohne Weiteres aufzugeben, machte sie weiter.

"Ich finde zwischen uns ist etwas, das mein Arbeitsverhältnis zu dir beeinträchtigt."

Ich dachte, leidet sie nun darunter oder findet sie es toll? Und was für ein Arbeitsverhältnis hatten wir denn? Sie hatte einen Test mit mir gemacht und das war alles.

„Sag du doch auch mal etwas!"

Das weitere Gespräch war, was ich gar nicht mag, wenn es um Erotik geht, denn darum ging es, sehr verschraubt. Sie erzählte, dass sie eigentlich gar nichts mit mir anfangen will. Erzählte von zwei schiefgelaufenen Nebenbeziehungen, von ihrem ehemaligen Mann und von ihren Prioritäten, zu denen ein neues Verhältnis nicht passt.

Ich fand die ganze Situation recht verkrampft, so fängt man doch keinen Flirt an und sah hilfesuchend zu Arno hinüber, welcher prompt eine Flasche in die Höhe hielt.

„Martini für die Dame?"

Bereits nach dem ersten Glas gab sie auf. Jetzt gestand sie, dass sie an mir interessiert sei.

„Wegen Afrika", sagte sie.

„Was?", fragte ich, schon vom Bier leicht benebelt.

„Wegen Afrika, darüber hast du doch geschrieben, dass alles so wild ist, so tierisch."

Mittlerweile hatte ich wohl sechs Bier getrunken und die Sache fing an, mir Spaß zu machen. Gilbert Becaud, den Arno augenzwinkert aufgelegt hatte, schmetterte gerade sein „Natalie! Natalie!" durch die dämmrige Kneipe, in der wir immer noch die einzigen Gäste waren. Sie sah mich von der Seite an und warf ihre Haare in den Nacken. Ihr Parfüm hatte sich gegen den abgestandenen Kneipengeruch durchgesetzt. Wie beiläufig fasste ich sie um die Hüften und spürte die Umrisse ihres schmalen Slips. Ihr Kleid sprang wieder vorne auf, aber dieses Mal kümmerte es sie nicht. Wenn Isabella, so hieß sie, sprach, formte sie manche Laute so, dass der Mund in den Winkeln geschlossen blieb. Mir gefiel das.

Auf dem Bett in ihrer Wohnung warfen wir uns übereinander und pressten unsere Köper zusammen, sie wand sich in meinen Armen, wollte weg von mir, wollte hin zu mir. Wir wendeten enorme Kraft auf, um uns zu spüren. Wo waren wir? In der Savanne, im Urstromtal? Wie Tiere kämpften wir umeinander. Dann ließen wir uns los und waren beide atemlos. Die Schranken waren weg, niedergekämpft.

Sie stammelte, während ich mich über sie warf: „Friss mich! Friss mich!", und biss mir in die Schulter und in die Brust, ich spürte nichts, nur diese wahnsinnige Frau, die sich mir völlig hingab. „Mach mit mir, was du willst", bat sie und war völlig aufgelöst – keine Hemmungen mehr, nur noch der einzige Wunsch, ineinander zu verschmelzen, mich um den Verstand zu bringen.

Ich muss gestehen, am nächsten Tag, also genau einen Tag vor meiner Abreise, dachte ich das erste Mal daran, zu bleiben, nicht für immer, aber wenigstens noch ein paar Tage. Dann kam Isabellas Brief. Es war tatsächlich ein Brief, ein

Brief aus Papier, geschrieben von eigener Hand. Der Portier hatte ihn mir, als ich eintrat, zusammen mit dem Schlüssel übergegeben. Ich setzte mich in einen dieser monströsen Ledersessel, in denen normalerweise die Gäste auf ihre Rechnung warten, und las.

„Ich schreibe Dir einen Brief, weil der BND Zugang zu Deinem Handy hat. Was ich zu sagen habe, geht keinen etwas an, außer uns zwei.

Ich möchte Dir gerne abschließend – ich kapiere das immer noch nicht, ertappe mich bei wilden Fantasien, Hintertürchen, weiter fließenden, tiefen Gefühlen für Dich – noch einmal, bevor ich mich herausreißen muss aus alldem, mitteilen, was unsere Begegnung für mich bedeutet hat. Nimm diesen Brief an Dich als ein Stück therapeutisches Schreiben, durch das ich verarbeiten möchte, was mit uns passiert ist. Mach Dich darauf gefasst: Es wird oft kitschig, aber ich kriege keine ironische Distanz hin.

Du, Lieber.

Bevor Du mir ganz, das heißt, auch in meinen liebenden Gedanken und zärtlichen Fantasien verloren gehst, möchte ich Dich noch einmal festhalten. Wenn es schon nicht real geht, in dem ich Dich im Arm halte, meinen Kopf an Dich schmiege und Dich liebkose, so möchte ich es wenigstens versuchen, indem ich begreife. Ich möchte Worte finden, Begriffe voller Zärtlichkeit für den Wahnsinn an Gemeinsamkeit, den wir in die Welt gesetzt haben. Dass ich Dir so nah sein konnte, erschüttert mich noch immer, ein mittelschweres Erdbeben mit noch unbekannten Ausläufern und Bruchstellen. Was ist denn sein Zentrum? Erotik auf Hochtouren und viel, viel mehr. Die Bewegungen Deines Köpers und meines Körpers, davon ging alles aus, von dieser furchtbar fruchtbaren Intensität im Bett. Ich hätte nie geglaubt, über sexuelle Lust einem Menschen so nah zu kommen wie Dir.

Als Du in mich eindrangst, so stark und selbstbewusst, während ich schon ganz aufgelöst auf Dich wartete, da schwirrten manchmal – erschrick nicht – Zerstörungsfantasien durch meinen Körper. Ich war ganz Objekt, ganz hingegeben an Dich und mich. Alles hättest Du mit mir anstellen, mich sogar umbringen können und ich hätte meine Lust daran gehabt. In Deinen Händen, an Deiner Haut hat sich vieles aufgelöst, was das normale Leben zusammenhält. Ich habe mich Dir total hingegeben. Und Du, Lieber, hast mich ganz gelassen, hast mich nicht zerstört, hast geliebt – eine unwahrscheinliche Überraschung. Als ich aus diesem Zustand auftauchte zu Dir, Deinen klaren Augen, wunderte ich mich, wie lebendig, warm und bewegt ich mich fühlen kann. Ich bin noch immer erstaunt und fasziniert. Ich will das nie mehr vergessen.

Ich glaube, wir beide haben in uns irgendwelche Urgefühle berührt. Was das ist, weiß ich nicht so genau, das Wort fiel mir gerade ein. Ich denke da an was ganz Kosmisches. Dunkelheit, Tiefe,

Meeresrauschen..., Bilder wie diese rieseln mir seit gestern durch den Körper.

Du denkst sicher, dass ich spinne. Stimmt. Hingabefantasien zu erleben und sogar noch mitzuteilen, ist für eine Feministin, das bin ich, nicht gerade üblich, ist peinlich. Man möchte sich zur Ironie retten. Aber sieh mal, trotzdem kann ich Dir das offenbaren ohne Angst oder Scham, mit einem traumtänzerischen Vertrauen darauf, dass Du mich selbst hierin erkennst und verstehst.

Wir haben etwas Eigenartiges miteinander entwickelt, einen Sog weg von allem, was war und ist, aufeinander zu, durcheinander, viel weiter als in eine Liebesbeziehung, irgendwohin, wo ich noch nie war, wohin ich mich sehne, was ich fürchte.

Du denkst, ich bin überspannt und übermüdet. Stimmt. Ich bin hellwach, registriere ohne Angst und Schuldgefühle, wie lebendig ich mich anfühle, ohne meinen Ex-Mann Bodo. Entschuldige. Ich wollte ihn nicht erwähnen. Das ist eine durch Dich ausgelöste Erfahrung, für die Du nicht verantwortlich bist, aber eine, die mir sehr viel sagt über meine Beziehung zu ihm. Die frisch geborene Lebensenergie, die will ich nicht aus den Augen verlieren – unabhängig von Dir. Ich verändere mich, das fühle ich bis in die Fingerspitzen. Aufregend, entsetzlich. Ich habe große Angst, mich mit Verantwortung und Vernunft umzubringen. Lebenssehnsucht, das war vielleicht das ungeschriebene Gesetz unseres Handelns. Leb wohl und guten Flug nach Brasilien! Vielleicht sehen wir uns ja noch einmal wieder, wer weiß.

Bodo! Es durchlief mich glühend heiß. Das durfte doch nicht wahr sein! Nein, das konnte nicht sein. War Bodo der Ex-Mann von Isabella? Hatte Bodo nicht auch einmal „Scherzbold" zu mir gesagt, wie Isabella, als ich sie das erste Mal sah? Manchmal entwickeln Paare einen gemeinsamen Wortschatz, war es das? Scherzbold! Das war eigentlich kein Beweis, aber die Beschreibung, die Bodo in seinen endlosen Reden von seiner Ex gegeben hatte, konnte zu ihr passen. Nur hatte ich mir immer irgendein hässliches, tyrannisches Weib vorgestellt, wenn Bodo sich beklagte. Und jetzt so etwas!

Je mehr ich mich an seine Klagereden erinnerte, desto klarer wurde es mir: Ja, einmal hatte er gesagt, sie sei Psychologin, was für ihn wohl einen Großteil ihrer Fehler erklärte. Ich saß immer noch im Sessel und erschrak darüber, dass ich den Brief von Isabella weiterhin in der Hand hielt. Hastig faltete ich ihn zusammen und schob ihn in meine Jackentasche.

Wann ging mein Flug? Ich zählte jetzt die Stunden bis zum Abflug und vermied es, in mein Zimmer zurückzukehren. Alles, nur kein neues Gespräch mit Bodo, der mein Hotel und die Zimmernummer kannte.

Bald fühlte ich mich so elend, dass ich doch auf mein Zimmer ging, um rasch meine wenigen Sachen zusammenzupacken. Ich hatte beschlossen, nicht auf den Anschlussflug nach Frankfurt zu warten, sondern mit dem nächsten Zug zu fahren. Nur so war ich vor Bodo sicher.

Mein Handy brummte.

„Alles klar?", fragte der Coach.

„Alles klar. Ich bin schon in Frankfurt."

„Ich weiß, dann gute Reise. In Rio sprechen wir uns."

Nur zehn Tage war ich in Deutschland gewesen. Ein merkwürdiges Land, das mich zwang, hundert Worte aufzuschreiben. Aber sie hatten recht, dachte ich, sie wollten mich zum Nachdenken bringen. Dazu kommt man nicht, wenn man jahrelang Brunnen bohrt. Merkwürdiger noch als das Land und die Worte waren die Menschen, die ich in diesen wenigen Tagen getroffen hatte. Die duftende Isabella, der redegewandte und fast immer trinkende Bodo, der Coach, von dem ich noch nicht einmal den Namen wusste, aber der jetzt mein Chef war, und Arno, der Wirt mit den Pranken eines Bären, der offenbar die Menschen besser kannte als meine Psychologin Isabella.

Ich lehnte mit dem Kopf an der Fensterverkleidung der Boeing und dachte an sie. Frauen hatten mich immer interessiert, aber nie berührt. Ich meine nicht mit den Händen, sondern gefühlsmäßig. Aber das ist auch nur so ein Wort, gefühlsmäßig. Was ist das, wenn man an jemanden denkt, der nicht da ist? Jemanden, dessen Geruch man noch spürt, von dem man weiß, dass er jetzt in diesem Augenblick genau das Gleiche denkt?

Wieder kramte ich den Brief hervor und las ihn wohl zum zehnten Mal. Jedes Wort schien direkt aus ihrem Mund zu kommen, formuliert von diesen vollen Lippen, die bei manchen Silben in den Mundwinkeln verschlossen blieben. Der Stewart beugte sich über mich und schaltete die Punktbeleuchtung aus, die ich jetzt schon zum wiederholten Male benutzt hatte, um lesen zu können.

„Das geht jetzt nicht. Die andern wollen schlafen."

„Sorry", sagte ich und versuchte das zu tun, was alle taten. Es gelang mir nicht.

Der internationale Flughafen von Rio de Janeiro war wie alle Flughäfen, es hätte auch der Heathrow oder der Charles de Gaulle sein können. Im Starbucks bestellte ich einen Kaffee und zerkrümelte dazu ein Croissant. Mein Handgepäck stand neben mir, einen Koffer hatte ich nicht. Ich verzichtete darauf, den Brief, der zuweilen in meiner Jackentasche knisterte, noch einmal zu lesen. So langsam kam ich mir kindisch vor, zumal zwei verliebt tuende Gays händchenhaltend am Nebentisch saßen und kein Auge von mir ließen. Was hatten sie nur? Wollten sie, dass ich ihrer Liebe als Spiegel diente? Denn immer dann, wenn ich meinen Kopf wandte und sie ins Blickfeld bekam, lächelten sie sich besonders zärtlich an, sich gleichzeitig vergewissernd, dass ich auch alles mitbekam.

Da ich schon bei der Bestellung gezahlt hatte, leerte ich meine Tasse, erhob mich und klopfte die

Krümel des Croissants von Jacke und Hose. Ohne Ziel zuckelte ich mit meinem rollenden Köfferchen an Läden vorbei, die anboten, was ich auch in jedem anderen Land der Welt hätte kaufen können: Parfüm, teure Handtaschen, Schmuck. Eigentlich erinnerte nur ein Musikladen daran, dass ich jetzt in Brasilien war. Ich ging hinein und versuchte, mich wenigstens akustisch auf die Außenwelt einzustimmen.

Wahrscheinlich hatte das Vibrieren der starken Bässe im Laden das Brummen meines Handys übertönt, denn als ich nach einer halben Stunde schon wieder in einem anderen Café saß, vernahm ich die ärgerliche Stimme des Coaches.

„Warum nehmen Sie denn nicht ab?"

„Entschuldigung", sagte ich.

„Atibaia", sagte er, „fahren Sie nach Atibaia und suchen Sie sich dort ein Zimmer. Es wird einige Zeit dauern."

„Okay", sagte ich und schon war die Verbindung unterbrochen.

Den Brief von Isabella hatte ich hinter das Gummiband geklemmt, das die Tasche am Vordersitz verschloss, welche die Instruktionen für den Notfall und andere unnütze Blätter enthielt. Als sich dann endlich die Kabinentür der Boeing 737 öffnete, die mich nach São Paulo gebracht hatte und alle nach dem Ausgang drängten, hatte ich ihn dort vergessen. In der Nacht hatte mich dieses ungewöhnliche Schreiben gefesselt, doch jetzt war ich froh, auf festem Boden zu stehen und der nächtlichen Enge entronnen zu sein.

Atibaia, das war ein Wort, das war ein Ziel.

Die Busfahrt dauerte länger als erwartet. Ich hatte den Kopf an die Fensterscheibe gelehnt und versuchte zu schlafen. Das Brummen des Motors übertrug sich auf die vibrierende Scheibe und brachte meinen Schädel in eintönige Schwingungen, die mich wohl in den Schlaf befördert hätten, wenn der Bus nicht in unregelmäßigen Abständen unsanft gebremst hätte. So schreckte ich hin und wieder auf, von entgegenkommenden Lastwagen geblendet oder gar durch eine vorbeiheulende Hupe gänzlich aus dem Konzept gebracht. Gegen Morgen hielt der Bus an einer dieser Fernfahrer-Gaststätten, in denen mittags üppige Fleischmahlzeiten angeboten wurden, die aber jetzt neben einem kümmerlichen Milchkaffee und trockenem Gebäck nichts zu bieten hatte. Die Mehrzahl der Passagiere blieb im Bus, wohl auch, weil es sich im stehenden Gefährt besser schlafen ließ. Außer dem Busfahrer und seinem Kollegen, der jetzt das Steuer übernehmen würde, standen nur noch ich und zwei andere am Tresen und schlürften das schlechte, glühend heiße Gebräu aus kurzen Wassergläsern, die man nur mit Mühe und mit spitzen Fingern am oberen Rand halten konnte.

Der Busfahrer schob mir die Zeitung zu, welche der Kellner herübergereicht hatte. „Zum

Wachwerden!", sagte er und wedelte mit einem schmierigen Tuch über das Glas der Theke, wo sich die ersten Fliegen ein Stelldichein gaben.

„Großaktion der Bundespolizei. Mehr als zwanzig Haftbefehle." Das war die Schlagzeile, die dem Busfahrer offenbar Widerwillen bereitete. „Alles Mehl im gleichen Sack", sagte er. Es war ihm offenbar egal, ob jemand seiner Meinung war. Der Beifahrer war es auf jeden Fall nicht. „Lula hat damit nichts zu tun. Das sind die Sozialdemokraten, die wollen ihm das anhängen. Dabei sind die auch nicht besser."

„Sagte ich doch, alles Mehl im gleichen Sack." Damit war die morgendliche Politikrunde beendet, denn der Fahrer drehte sich abrupt um und strebte dem Bus zu, dessen Fensterscheiben die ersten Sonnenstrahlen reflektierten.

Hatte ich schon Schwierigkeiten in der Nacht zu schlafen, jetzt war es völlig unmöglich. Laufend überholten schnellere Wagen unseren Bus, der besonders, wenn es bergauf ging, dermaßen an Fahrt verlor, dass sich regelmäßig eine lange Schlange ungeduldiger Personenkraftwagen hinter uns bildete. Bei der Bergabfahrt wurde dann auf Teufel komm raus überholt. Mir stand bald der Schweiß im Genick und nur der Gedanke, dass wir bald in Atibaia ankommen sollten, konnte mich einigermaßen beruhigen.

Atibaia, das ich bis dahin nur dem Namen nach kannte, entschädigte mich für die Strapazen der ungemütlichen Busfahrt. Immer noch hatte ich außer dem Handköfferchen nichts bei mir und meinen Vorrat an frischer Kleidung hatte ich schon in Rio verbraucht. So fühlte ich es vollends gerechtfertigt, das erste Mal von meiner neuen Kreditkarte Gebrauch zu machen. Bald hatte ich mich in einer Boutique, ganz in der Nähe der *Igreja Matriz* am zentralen Platz, neu eingekleidet. Ein gelbes Polohemd, passend zu dem grünen, weitausgestellten Bermuda, wurde ergänzt durch ein Paar unauffällige Gummischlappen, wie sie in Brasilien allerorts üblich waren. Auch eine Schirmmütze, die fast jeder zweite Mann trug, hatte ich mir zugelegt. Die vor einer strahlenden Sonne gekreuzten Palmen auf der Stirnfront passten, so schien es mir, zu meiner neuen Rolle als Tourist mit noch unbekannten Aufgaben. Nur das Rollköfferchen hatte etwas Steifes, das nicht recht zu meinem neuen Outfit passen wollte. Es galt also, ein Hotel oder eine Pension ausfindig zu machen, um das Ding loszuwerden.

Nun ging ich schon eine ganze Weile in die Richtung, die man mir gewiesen hatte, als ich nach einem Hotel, einem nicht zu teuren Hotel, gefragt hatte. Aus der Weile war nun schon eine Viertelstunde geworden und selbst diese ging bald einer halben Stunde entgegen. Von einem Hotel, weder einem teuren noch einem billigen, war keine Spur. Mein rechter Arm war von dem über alle möglichen Unebenheiten holpernden Rollkoffer derart nach hinten verdreht worden, dass er schmerzte und begann meinen Rücken in Mitleidenschaft zu ziehen.

Vor dem Museum für Naturgeschichte gab ich auf. Eine Bank im Schatten seines Eingangsbereichs war unwiderstehlich. Kaum saß ich, hielt mir ein brauner Arm ein Fläschchen mit Mineralwasser entgegen. Das sich auf seiner kalten Oberfläche rasch bildende Kondenswasser tropfte auf meinen Oberschenkel. Normalerweise hätte ich kein Getränk auf der Straße gekauft, aber die Flasche war versiegelt, ich hatte einen riesigen Durst und die kühlen Tropfen auf meiner Haut ließen ihn noch größer werden.

„Was willst du dafür haben?"

„Das Doppelte", sagte der Junge und lachte verschmitzt.

„Na, so was", sagte ich, „dann gib mir die Hälfte."

„Geht nicht. Aber weil du es bist, mache ich einen Sonderpreis: fünf Reais."

„Bist du verrückt?" Ich wischte mir die kühle Nässe vom Schenkel und blickte in die andere Richtung.

„Vier."

„Drei." Ich kramte einige Münzen aus der Hosentasche und die Flasche wechselte den Besitzer.

Als ich sie geleert hatte, tippte mir jemand von hinten auf die Schulter. Der Junge war immer noch da.

„Lass einen Rest drin. Ich habe auch Durst."

Ich reichte wortlos die fast geleerte Flasche nach hinten.

Schon bald setzte sich der Junge neben mich, beäugte mich manchmal von der Seite, hielt aber den Mund. Der Platz im Schatten und das gekühlte Mineralwasser taten ihre Wirkung. Ich fühlte mich schon fast wieder in der Lage, meinen Weg fortzusetzen, als er sagte: „Meine Tante hat eine Pension. Wenn du ein Zimmer brauchst, es ist ganz in der Nähe."

Jetzt war es an mir, den hartnäckigen Gast näher in Augenschein zu nehmen. Er mochte wohl zehn oder elf Jahre alt sein, machte, obwohl er einer dieser Straßenverkäufer war, die es in Brasilien zuhauf gibt, einen sauberen Eindruck.

„Woher weißt du, dass ich ein Zimmer suche?"

„Dein Koffer. Warum solltest du sonst hier herumlaufen. Und das bei der Hitze."

„Vielleicht, weil ich ins Museum wollte?"

„Dann wärst du sofort reingegangen, die haben eine Klimaanlage. Bist du aber nicht."

Sei es, weil mir der Junge so langsam auf die Nerven ging, sei es, weil das Wort Klimaanlage den Anstoß gab: Ich erhob mich und strebte der glasgespiegelten Eingangstür zu, die von innen geöffnet wurde, als ich meinen Arm ausstreckte, um den Türgriff zu erfassen.

Ein Schwall eiskalter Luft kam mir entgegen, der sich nach einigen Schritten mit einem Moderduft verband, wie man ihn aus lange geschlossenen Kellern kennt und der mich an eine Tropfsteinhöhle erinnerte, die ich irgendwann in kindlicher Vorzeit einmal besichtigt hatte.

Vorzeit, das war es, was mich hier umfing. Schlagartig war alles da draußen verschwunden und ich war allein mit einer Myriade von präparierten, für den Beobachter aufgespießten Insekten, ausgestopften Vögeln und säuberlich zusammengeschraubten Skeletten. Vorbei an den Knochen eines mittelgroßen Wals drang ich ins Innere vor. In verglasten Schaukästen hingen verblichene Fledermäuse von vertrockneten Ästen, beäugt von Eulen, die ich, wenn man es nicht korrekt gelesen hätte und der Hakenschnabel nicht gewesen wäre, eher für abgemagerte Enten gehalten hätte. Schlangen räkelten sich in gelblich, abgestandenem Formol, in ihrer Nachbarschaft Frösche, Eidechsen, Salamander und anderes Getier, das zu Lebzeiten einmal im Dämmerlicht feuchter Uferböschungen kreuchte und fleuchte. Jeder mannshohe Schaukasten war ein Ensemble toten Lebens, das aufgeplustert, ausgestopft und geschminkt mit gläsernen Augen dem Betrachter in die seinen sahen.

Eine Meeresschildkröte war zum Zwecke anschaulicher Museumsdidaktik in ihre Einzelteile zerlegt worden. Ihr Kopf war, ganz wie es Europäer früher mit geweihtragenden Hirschköpfen gemacht hatten, auf eine Unterlage geschraubt und symmetrisch über ihrem einstigen, feinsäuberlich herausgetrennten Bauchpanzer angebracht worden. Ihre Schwimmfüße hatte man, wohl ebenfalls in didaktischer Absicht, abgespreizt vom gewölbten, jetzt hohlen Rückenpanzer dort an der Wand befestigt, wo sie einstmals wohl, als die Schildkröte damit noch im Ozean ruderte, positioniert gewesen waren.

Ich weiß nicht, was in mir vorging, als ich all diese leblosen, sorgfältig etikettierten Kreaturen sah, aber meine Schritte trugen mich vorbei an einer Eiersammlung, aus dessen größtem Exponat ein vertrocknetes Straußenküken mich mit geschlossenen Augen anstarrte, dem Ausgang entgegen. Dort wartete der Junge auf mich.

„Ich kann dir zeigen, wo sie wohnt."

„Wer?", fragte ich, noch benommen von den gerade ansichtig gewordenen stummen Zeugen der Naturgeschichte.

„Meine Tante, die mit der Pension."

Da ich ohnehin nicht wusste, in welche Richtung ich die Suche fortsetzen sollte, zog ich bald mein Rollköfferchen hinter dem Jungen her. Er drehte sich immer wieder um, auch um sich zu vergewissern, dass seine Kühlbox, die er meinem Koffer zusätzlich aufgebürdet hatte, noch an Ort und Stelle war.

„Wir sind gleich da, gleich hier um die Ecke."

Und in der Tat standen wir endlich vor einem Haus, das sich durch nichts von den Nachbarhäusern unterschied, es sei denn durch dieses Schild mit der Aufschrift „Pension", das eine gusseiserne Stange über den Bürgersteig hielt.

Die ohne Abstand aneinandergereihten Häuser waren recht schmal und tatsächlich alle gleich. Eine blaugestrichene Tür, mit einem vergitterten Oberlicht, wechselte sich ab mit zwei ebenfalls blaugestrichenen Fenstern, die wegen des jetzt am Nachmittag schräg einfallenden Sonnenlichtes mit hölzernen Blendläden verschlossen waren. Der Junge schlug wiederholt mit seiner flachen Hand gegen die Tür, unterstützt von einem mehrmals gerufenen „Tante, ich bin es!"

Es waren schon einige Minuten verstrichen, und ich hatte schon begonnen an den beschwerlichen Rückweg ins Stadtzentrum zu denken, als sich die Tür endlich öffnete.

Die Tante musterte mich von oben bis unten, dann ging der Anflug eines Lächelns durch ihr faltiges Gesicht.

„Was will er?", fragte sie den Jungen.

„Ein Zimmer, er kann nicht mehr laufen."

Sie wandte sich an mich. „So alt sehen Sie noch gar nicht aus. Kommen Sie erst einmal in meine Jahre. Aber was soll es, suchen Sie sich eins aus, sie sind alle frei."

So gingen wir durch den schmalen Korridor, der gleich hinter dem Eingangssaal an einigen Türen vorbeiführte, welche die Tante eine nach der anderen öffnete. In einer geräumigen Küche, in die der Korridor mündete, kam unsere kleine Prozession zum Stehen.

„Und?", fragte die Tante, die sich plötzlich zu mir umdrehte und offenbar eine schnelle Entscheidung erwartete. Obwohl ich mir keines der Zimmer richtig angesehen hatte, zögerte ich keinen Augenblick.

„Das letzte."

„Von hier aus oder von der Straße aus?"

Ich verspürte Lust zu lachen, unterdrückte diese aber umgehend, als ich sah, dass es der Dame durchaus ernst war.

„Von der Straße aus," antwortete ich artig, bereute jedoch umgehend meine präzise Antwort, denn sie fuhr mich an: „Also von hier aus das erste. Das geht nicht. Da schlafe ich."

Beschwichtigend hob ich die Hände und signalisierte Bereitschaft, jedwedes ihrer Zimmer zu akzeptieren.

„Dann nehme ich eben das letzte", und fügte hinzu, „das erste von der Straße aus gesehen. Aber auch nur, wenn es Ihnen recht ist."

So kam es, dass ich mich bald auf der gehäkelten Überdecke eines in seinen Fugen quietschenden

Bettes ausstreckte. An der gegenüberliegenden Wand, hellblau getüncht wie das ganze Zimmer, hing ein Bild der Mutter Gottes. Ihr blonder Sohn stand auf ihrem Schoß, in einer Hand eine Weltkugel haltend, die andere wie zum Schwur erhoben. Eine Meeresschildkröte und eine Reihe ausgestopfter Vögel zogen an mir vorbei, bevor ich in einen traumlosen Schlaf fiel.

Als ich erwachte, war es stockfinster. Nachdem sich meine Augen an die Dunkelheit gewöhnt hatten, fiel ein mattes Licht durch die Ritzen zwischen den Dachpfannen über mir. Ich setzte mich auf und tastete mich dann langsam zur Tür, wo ich den Lichtschalter vermutete. Doch zu beiden Seiten der Tür war nichts zu finden. Streichhölzer oder ein Feuerzeug hatte ich nicht. Mein Handy! Warum so altmodisch? Mein Handy hatte eine ausgezeichnete Beleuchtungsfunktion. Aber wo war es? In meiner linken Hosentasche, wo es eigentlich hätte sein müssen, war es nicht. In der Finsternis war es aussichtslos, meinen Koffer zu finden, geschweige denn, ihn zu durchsuchen. Mit schmerzendem Knie, das mir die genaue Position des Bettpfostens verraten hatte, lag ich schließlich wieder auf dem Bett.

„Morgen", sagte ich mir, „morgen, wenn es hell ist, werde ich alles regeln." Ich lag auf dem Rücken, sah zu den Dachpfannen hinauf und hatte Lust, den Brief, den Isabella geschrieben hatte, noch einmal zu lesen. Doch selbst wenn ich ihn noch gehabt hätte, wie hätte ich sehen können, was sie mit so viel Inbrunst geschrieben hatte. „Brunst", sagte ich halblaut, und dachte an den röhrenden Hirsch, dessen weißer Atem durch die frische Morgenluft wehte. Allerlei Geweih, ausgestopfte Bussarde und Seeadler hingen irgendwo im Dunkeln an der Wand und ließen es mir geraten erscheinen, die Augen geschlossen zu halten.

Als die Tante mich zum Frühstück rief, war es schon hell. Die Mutter Gottes lächelte mich erneut gütig von der hellblauen Wand gegenüber an. Mein Rollköfferchen stand immer noch in der Ecke. Von Hirschen, abgetrennten Schildkrötenköpfen und ausgestopften Vögeln keine Spur. Die gehäkelte Decke hatte ein gerötetes Muster auf meinem rechten Unterarm hinterlassen.

„Es wird alles kalt!", erscholl es im Korridor. Gern folgte ich diesem halb herrischen, halb fürsorglichen Kommando, zumal der Geruch frischen Kaffees durch das Haus zog.

Neben meiner schon gefüllten Kaffeetasse lag mein Handy.

„Ich habe es ihm abgenommen."

„Wem?", ich war nicht wenig erstaunt, einmal wegen des mir zunächst unverständlichen Satzes, zum andern, weil ich so unverhofft mein Handy wiedersah, das ich trotz intensiver Suche nicht in meinem Zimmer gefunden hatte.

„Meinem Neffen. Wenn man auf den nicht aufpasst...", und damit war das Thema erledigt, denn die Tante stand schon mit einer Pfanne neben mir, in der verführerisch ein Omelett duftete.

Ein doppelflügeliges Fenster mit hohem Oberlicht gab den Blick auf den Garten frei. Ein Avocadobaum, dessen Äste irgendwo nach oben hin verschwanden, spendete wohltuenden Schatten, zu dessen Genuss eine steinerne Bank schweigend einlud. Schweigend, denn jetzt fiel mir auf, dass außer den zierlichen Tritten eines in seinem Käfig hin und her springenden Vögelchens, tatsächlich nichts zu hören war. Die Tante war irgendwo hinter mir im vorderen Teil des Hauses verschwunden und so nahm ich die Einladung an und setzte mich auf den kühlen Stein.

Der Garten war nicht groß, aber deutlich länger als breit, in seinem Format fast einer kurzen Straße ähnlich. Links und rechts von einer mannshohen Mauer umrahmt, war sein wohl ebenfalls ummauertes Ende von hier aus nicht zu sehen.

Überall standen mit Erde gefüllte Gefäße, alte Töpfe und sogar aufgeschnittene Plastikflaschen herum. Aus ihnen streckten sich zierliche Pflänzchen in die Höhe, oder ein Keimblatt war gerade dabei, eine harte Samenschale aufzubrechen. An der mir gegenüberliegenden Mauer waren allerlei Tontöpfe angebracht, aus denen sich Ranken fallen ließen, in der Hoffnung, wohl irgendwann das kühle Erdreich unter sich zu erreichen. Je länger ich verweilte, desto mehr Details nahm ich wahr.

Eine Eidechse schnellte plötzlich unter einem Blatt hervor und blickte mich jetzt mit gerecktem Köpfchen und einer Fliege in ihrem Mäulchen triumphierend an. Wenn nicht die Ameisen gewesen wären, die meine auf der Bank aufgestützte Hand erreicht hatten und jetzt in langer Prozession von Ferne angetrippelt kamen, ich hätte wohl noch stundenlang so sitzen mögen. Nun aber nahm ich die Tasse, die mit erkaltetem Kaffee noch halb gefüllt war und erhob mich. Es war an der Zeit, denn in ihm schwammen schon die ersten Tierchen, die durch das aufgrund meiner brüsken Bewegung verursachte Schwappen des gesüßten Kaffees plötzlich in den Tod gerissen worden waren.

Ich hatte noch nicht die Verandatreppe erreicht, als das Handy in meiner Hosentasche brummte.

„Hallo", sagte ich.

„Hallo", sagte der Coach.

„Wo waren Sie denn?"

„Im Garten", sagte ich, zum einen, weil es stimmte, und zum andern, weil mir nichts Besseres einfiel.

„Gestern hat irgendein Bengel abgenommen. Geben Sie das Handy nicht aus der Hand."

„Okay, es ist mir geklaut worden. Aber nur für eine Nacht. Jetzt habe ich es wieder."

„Wie bitte?", fragte der Coach.

„Ach nichts, es ist alles okay."

„Dann notieren Sie sich folgende Koordinaten."

Jetzt war ich es, der nichts verstand.

„Das sind Koordinaten von einem Landhaus. Machen Sie dort so viele Fotos, wie Sie können. Wenn Sie jemanden dort sehen, umso besser. Fotografieren Sie!"

Er wiederholte wohl noch an die fünfmal die Koordinaten, die ich mir, inzwischen in der Küche angelangt, auf eine Serviette notierte.

Nun hatte ich wenigstens eine Aufgabe: ein Landhaus fotografieren. Da der Coach mir kein Datum genannt und keine Frist gesetzt hatte, ging ich zurück in den Garten und ließ, von der Veranda aus, meinen Blick durch das Astgewirr schweifen, das der Avocadobaum über mir ausbreitete. Früchte waren keine zu sehen. Es lagen einige verschrumpelte Exemplare unten im Garten, woraus ich schloss, dass seine Reifezeit schon einige Wochen vorbei war.

Das Landhaus war nicht weit von Atibaia entfernt. Google Earth zeigte mir eine hügelige Gegend, durch die sich eine wohl einspurige und nicht asphaltierte Straße schlängelte. Zwischen begrünten Erhebungen waren einige verstreute Häuser zu erkennen, manchmal neben einer kleinen Wasserfläche gelegen, die man bei genauerem Hinsehen als Stausee ausmachen konnte.

„Fische", dachte ich, „sie züchten Fische."

Nachdem ich einen digitalen Sticker genau auf dem Haus platziert hatte, das im Fadenkreuz der mir angegebenen Koordinaten lag, legte ich das Handy neben mich. Nein, ich besann mich eines Besseren und steckte es in die Hosentasche.

„Der Junge", dachte ich, „wo ist der Junge?"

Irgendwie musste ich zu diesem Landhaus kommen. Ohne Kenntnisse über Busverbindungen und ohne eigenes Auto blieb mir nur eines: ein Taxi zu nehmen. So ging ich in Richtung Stadtmitte und hoffte, unterwegs irgendwo auf eines zu stoßen. Schon vor dem Naturkundemuseum hatte ich Glück. Ein Wagen hatte gerade einen Fahrgast verabschiedet und machte sich daran, abzufahren, als ein Pfiff ihn zum Stehen brachte. Der Junge hatte mich erspäht und meinen Laufschritt und die fuchtelnden Arme richtig gedeutet. Ich stieg ein. Mir blieb nichts anderes übrig, als dem hilfreichen Dieb aus dem schon anfahrenden Taxi mit einer Handbewegung zu danken. Der Junge sah mich grinsend an und hob den Daumen.

Auf die Frage „wohin?" hielt ich dem Fahrer mein Handy mit dem in Google Maps markierten Ort hin. Er nahm den Apparat und verkleinerte das Gesichtsfeld mit einer scherenförmigen Bewegung, die Zeigefinger und Mittelfinger mehrmals zuklappen ließen.

„Alles klar!", sagte er dann, „ich weiß, wo es ist."

An der nächsten Ecke bog er links ab, an der übernächsten ebenfalls und als er Anstalten machte, noch einmal nach links abzubiegen, konnte ich nicht anders, als zu fragen: „Fahren wir im Kreis?"

Er lachte. „Genau. Wir müssen auf die Straße, wo das Naturkundemuseum ist, zurück und dann nach rechts."

Ich unterließ es, ihn zu fragen, warum er denn nicht gleich vor dem Museum nach rechts abgebogen war, beschloss jedoch insgeheim, den Fahrer im Auge zu behalten. War er einer derjenigen, die meinten, einen Gringo erst einmal ordentlich über den Tisch ziehen zu müssen? Ich sprach hin und wieder einige Sätze in der Landessprache, um ihm zu zeigen, dass ich nicht von gestern war. Aber meine Sorge war unbegründet, denn von nun an verhielt sich der Fahrer korrekt und war während der weiteren Fahrt ausgesprochen freundlich.

Wir waren schon vor einer Weile von der Hauptstraße abgebogen und fuhren fast im Schritttempo über eine Schotterpiste, als er endlich anhielt.

„Da ist es!"

Ich blickte verwundert auf die schmale Einfahrt, vor der das Taxi zum Stehen gekommen war. Einen so unspektakulären Ort hatte ich nicht erwartet.

„Bleiben Sie länger oder wollen Sie, dass ich warte?" Ich wusste selbst nicht, wie lange ich hierbleiben würde, hielt es aber für ratsam, nicht ohne Rückfahrmöglichkeit allein in dieser mir unbekannten Gegend zurückzubleiben.

„Warten Sie", sagte ich, nicht ohne vorher einen Preis für Hin- und Rückweg zu vereinbaren. So machte ich mich auf den Weg zu genau dem Punkt, der den Koordinaten entsprach, die mein digitaler Sticker aufgespießt hatte. Bald stand ich vor einem doppelflügeligen Tor, das mir die Sicht auf das Innere völlig versperrte. Ich klatschte in die Hände, um meinen Besuch anzukündigen. Dies war in Brasilien, wo es selten eine Haustürklingel gab, so Sitte. Auf diese Weise vermied man, dass man von einem eventuell vorhandenen Leibwächter mit einem Dieb verwechselt würde. Aber nichts rührte sich. Ich versuchte, durch einen Spalt zwischen den Torflügeln zu spähen, aber es war nichts zu sehen. Ich blickte mich um. Außer Hecken und dahinter hochaufgewachsenen Bäumen – nichts. So machte ich einige Schritte zurück, um wenigstens ein Foto vom Eingangsbereich zu schießen. Da fiel mein Blick auf ein Schild, das am Betonpfeiler angebracht war, von dem aus das Landhaus mit Strom versorgt wurde. „Sítio Santa Bárbara 4891" stand dort auf einer angerosteten Tafel. Auch diese fotografierte ich, wohl eher, um dem Coach zu beweisen, dass ich tatsächlich dort gewesen war, als davon überzeugt zu sein, dass es sich um eine wichtige Information handelte. Ich musste mir etwas einfallen lassen, um mehr über dieses Landhaus und seine Bewohner zu erfahren.

Während ich die Zweige links und rechts vom Tor auseinanderbog, um vielleicht doch noch einen verborgenen Eingang zu entdecken, hupte es hinter mir. Es war der Taxifahrer, der offenbar keine Zeit mehr mit mir verlieren wollte. Da ich auf ihn angewiesen war und ohnehin nicht sah, was ich noch hätte tun können, stieg ich ein.

„Während der Woche ist hier nichts los", sagte der Fahrer. „Aber am Wochenende kommen sie. Es sind hier praktisch alles Häuser, die nur an Feiertagen oder eben am Wochenende benutzt werden. Geld muss man haben. Unsereins wohnt auf fünfzig Quadratmetern und muss noch Miete zahlen. Was wollten Sie eigentlich da?"

Mit einer solchen direkten Frage hatte ich nicht gerechnet.

„Was wohl?", sagte ich mürrisch, um meine Unsicherheit zu überspielen und die nötige Zeit zu gewinnen, mir eine Antwort zurechtzulegen.

„Geld eintreiben. Der Besitzer schuldet mir Geld."

Der Mann nickte. Offenbar hatte ihn meine Antwort überzeugt.

„Na, dann kommen Sie am besten morgen wieder. Morgen ist Samstag. Soll ich Sie abholen?"

Dieser Taxifahrer brachte mich von einer Verlegenheit in die nächste, deshalb tat ich so, als hätte ich ihn nicht gehört.

Meine spärliche Ausbeute an Fotos schickte ich mit meinem Handy nach Deutschland, sobald ich wieder auf der Steinbank hinter der Pension saß.

Die Tante hatte mir ein abgewetztes Lederkissen überlassen, nicht ohne daran zu erinnern, dass ihr leider schon vor Jahren verstorbener Ehemann immer darauf gesessen habe. Mir tat es gute Dienste, denn die Bank war nicht nur hart, sondern auch von einer feucht anmutenden Kühle, die einem schon nach wenigen Minuten das Sitzen ungemütlich machte.

Kaum waren meine Fotos abgeschickt, kam auch schon die Antwort.

„Koordinaten stimmen. Weiter so."

Klar, die Leute vom BND wussten immer, wo ich war, denn sie hatten auch dieses Mal meine Fahrt, oder besser: die Bewegung meines Handys, registriert.

„Und die Fotos?", fragte ich.

„Weiter so", war abermals die trockene Antwort.

Ein Gefühl, das mich in den letzten Wochen immer öfter überfiel und das mich während der Tage, an denen ich versuchte, den psychologischen Test gewissenhaft auszufüllen, völlig in Beschlag genommen hatte, überkam mich plötzlich mit zuvor nie dagewesener Macht. Ein Gefühl, dessen Namen ich nicht wusste, das aber ohne Zweifel da war. Es war so, als ob ich neben der Realität stünde. Verstand ich den Coach richtig? Weiter so! Was sollte das heißen? Wollte er, dass ich abermals dieses verschlossene Tor fotografiere? Welchen Sinn hatte dieses Tor, welchen Sinn hatte dieses Foto für ihn? Für mich hatte es keinen und der

Zwiespalt zwischen dem, was andere sahen, und dem, was ich sah und empfand, öffnete sich für Momente ins fast Unerträgliche.

Aber eines war klar, ich musste wieder hin, musste irgendeinen Zusammenhang entdecken, zwischen der Wichtigkeit, die meine Auftraggeber diesen mit meinem Handy geschossenen Fotos gaben und der banalen Realität einer mir nichtssagenden verschlossenen Toreinfahrt.

Schon für den Weg dorthin benutzte ich am nächsten Tag ein eigenes Auto, will sagen: einen Mietwagen, dessen Schlüssel ich erst nach Hinterlegen einer Kaution von einer misstrauischen Angestellten ausgehändigt bekam.

„Wo wollen Sie denn hin?", hatte sie mich sogar gefragt und mir dann eine Frist gesetzt. „Bis achtzehn Uhr brauche ich den Wagen zurück."

Ich erinnerte mich noch gut an den Weg und brauchte noch nicht einmal Google Maps zu Rate zu ziehen, um bald die Schotterpiste zu erreichen, die nach einigen hundert Metern vor besagtem Tor enden sollte. Doch ich kam dieses Mal nur bis zur nächsten Abzweigung, wo zwei Männer eines Sicherheitsdienstes eine Sperre errichtet hatten. Ich hielt.

„Dies ist ein Privatweg", sagte einer von ihnen durch das von mir geöffnete Fenster. Seine Uniform bestand aus einer sportlichen Jacke, die schon über der Hüfte endete, um den Zugang zum Revolver nicht zu behindern. Der andere hatte sich schon hinter meinem Wagen postiert und sprach etwas in sein Walkie-Talkie.

„Werden Sie erwartet?"

„Von wem?", rutschte es mir heraus, was den Wachmann dazu veranlasste, eine Handbewegung zu machen, die so viel bedeutete wie: „Dann biegen Sie am besten hier ab." In der Tat hatte ich schon den Rückwärtsgang eingelegt, noch bevor der Mann mich ansprach. Ich befolgte die unmissverständliche Aufforderung ohne ein Wort des Protestes, wendete mit einiger Mühe auf dem schmalen Weg und war bald wieder auf der Hauptstraße.

Bei der nächsten Gelegenheit, die sich mir bot, hielt ich an. Ich hatte erst wenige hundert Meter zurückgelegt und saß jetzt doch einigermaßen ungehalten vor einer Art Straßenrestaurant auf einem Plastikstuhl, dessen Rückenlehne sich bedenklich nach hinten bog, als ich versuchte, mich anzulehnen. Ich war der einzige Gast und so der ganzen Aufmerksamkeit gewiss, die der sich bis dahin hinter der Kasse langweilende Inhaber aufbringen konnte.

„Vor dem Mittagessen kommt fast nie jemand", stellte er fest, noch bevor er sagte: „Was darf es denn sein?"

Ich versuchte, irgendetwas in der Glastheke zu erkennen, aber die Sonne blendete mich.

„Was haben Sie denn?"

„Alles, nur nichts zu essen. Die Köchin ist ab elf Uhr da. Es dauert nicht mehr lange. Wollen Sie warten?"

Ich bestellte einen Milchkaffee, der kochend heiß war, obwohl er ihn aus einer Thermoskanne servierte.

„Gerade gemacht", sagte er und sah mich an, als ob er ein Lob erwartete.

„Samstags fängt hier sowieso alles später an", fuhr er fort, „aber gleich kommen die Wochenendurlauber, dann wird es voll."

„Wochenendurlauber?", ich verstand nicht gleich.

„So nennen wir die Leute, die hier Landhäuser haben und nur feiertags oder eben am Wochenende kommen. Das ist hier eigentlich eine schöne Gegend, obwohl man das hier von der Straße aus nicht sieht."

„Aha", sagte ich und suchte nach Worten, um den Mann auf das von mir fotografierte Landhaus zu bringen, aber mir fiel so schnell nichts Passendes ein. So schlürfte ich vorsichtig meinen Kaffee und machte ein interessiertes Gesicht.

„Sind Sie Immobilienmakler?" Der Mann baute mir eine unverhoffte Brücke. Das war es, ich war ein Immobilienmakler!

„So direkt nicht", antwortete ich.

„So direkt nicht, aber indirekt schon. Ihr seid alle gleich."

Ich ließ den Mann im Glauben, mich als Makler enttarnt zu haben und wartete ab.

„Wenn ich Ihnen einen Tipp gebe, einen guten Tipp, versteht sich, einer der wirklich zu einem Kauf führt, beteiligen Sie mich?"

Ich war wirklich neu im Geschäft und nahm vor Schreck einen zu großen Schluck, der mir die Lippen verbrannte. Doch der Mann deutete meine nervöse Reaktion als kaum zu bremsende Wissbegier und begann, einige in der Nähe liegende, zum Verkauf stehende Landsitze zu beschreiben, nicht ohne anzufügen: „Aber die Adresse sage ich Ihnen nur, wenn Sie mich beteiligen."

„Beteiligen?"

Er war jetzt fast beleidigt, schien es mir, denn er begann, mit seinem Wischtuch vor mir auf dem Tischchen herumzuwischen und brummte: „Ich weiß, dass Ihr fünf Prozent kriegt. Ein Prozent von den fünfen, sonst sag' ich gar nichts mehr."

Ich wollte meinen einzigen Zugang zu den Geheimnissen der Region nicht verlieren und tat so, als ob ich auf seinen Vorschlag einginge.

„Ein halbes Prozent." Sein Gesicht hellte sich auf.

„Ich wusste doch, dass Sie ein Makler sind. Verhandeln können Sie! Aber ich will mal nicht so sein. Abgemacht, ein halbes Prozent von den fünfen. Was in Wahrheit natürlich zehn Prozent von ihrer Provision sind. Nicht, dass Sie mich nachher über den Tisch ziehen wollen und mir nur ein halbes Prozent davon geben!"

Ich war meinem neuen Kollegen auf dem Gebiet des Immobiliengeschäfts offenbar noch nicht ganz gewachsen, profitierte aber von dessen Entschluss, in mir eine Gelegenheit zum Geldverdienen sehen zu wollen. Das war wohl der Hauptgrund dafür, dass er meine Unerfahrenheit, die sich vor allem in meinem Zögern ausdrückte, wohlwollend als gewiefte Methode eines erfahrenen Geschäftemachers interpretierte.

Mittlerweile war es elf Uhr geworden. Die Köchin war pünktlich erschienen und der Inhaber hatte sich mit den Worten „später mehr" in das Innere des Restaurants zurückgezogen.

Sollte ich auf ihn warten, ihn nach dem „Sítio Santa Bárbara" fragen? Der Kaffee war mittlerweile erkaltet. Ich war unschlüssig, zumal der Inhaber nicht wieder erschien und meine Zeit hier unnütz verstrich.

Der Verkehr hatte spürbar zugenommen. Potente Wagen, meistens SUVs in ihren aktuellsten Ausführungen, rauschten an mir vorbei, vollbepackt mit gutgelaunten Familien, gefolgt von Freunden in ebenso beeindruckenden Karossen. Hier, in dieser von der Natur privilegierten Gegend, gab sich die brasilianische Oberschicht ein Stelldichein. Bald sollte der Geruch von glühender Holzkohle und gegrilltem Fleisch durch die Luft ziehen, Kinder in Swimmingpools plantschen und südamerikanische Rhythmen zum Genuss von

Whiskey und eiskaltem Bier animieren. War eine der hier vorbeifahrenden Familien Besitzerin meines Landhauses? Ich versuchte, von meinem unverdächtigen Beobachtungspunkt aus in das Innere der Wagen zu sehen und hatte schon mein Handy griffbereit, um eventuell eine Aufnahme zu machen. Aber entweder waren sie zu schnell oder die mit Folie abgedunkelten Fenstergläser waren hochgefahren.

Zwei uniformierte Motoradfahrer kamen im Schritttempo angefahren und musterten mich. Sie hatten die gleiche Uniform wie die Wachmänner vor dem Landhaus. Ich zückte mein Handy und nahm die Wagenkolonne aufs Korn, die sich jetzt näherte. Drei schwarze Limousinen mit abgedunkelten Scheiben waren jetzt genau vor dem Restaurant. Ich drückte ab.

„Die sind oft hier, Politiker. Haben sie die Nummernschilder gesehen? Alles offizielle Wagen der Regierung. Da bleibt unser Geld."

Ich hatte mich nicht wenig erschreckt, als der Inhaber des Restaurants plötzlich wieder neben mir stand.

„Sie machen also auch Selfies. Eine Epidemie."

Ich blickte auf den Bildschirm meines Handys, mit dem ich gerade die drei schwarzen Wagen fotografiert hatte. Tatsächlich war dort mein weißes Gesicht zu sehen, ernst und konzentriert. Ich hatte mich selbst fotografiert und nicht die Wagenkolonne.

„Ja", sagte ich, „ich habe ein Selfie gemacht."

Es war an der Zeit, mich mit ein paar belanglosen Bemerkungen von meinem neuen Partner in Immobilienangelegenheiten zu verabschieden, so zumindest nannte ich ihn, als ich ihm noch einen schönen Tag wünschend kollegial auf die Schulter klopfte. Ich selbst hatte mich damit abgefunden, von nun an ein Makler zu sein, zumindest für ihn.

In der Pension wartete die Tante auf mich.

„Das Essen ist schon kalt. Wo waren Sie denn so lange?"

Nutzen aus meiner neuen Rolle ziehend, war ich mit einer Erklärung kurz bei der Hand. „Ich habe für einen Kunden ein Haus besichtigt."

Andererseits war ich ihr nichts schuldig. Wie kam sie nur darauf, mit einem Mittagessen auf mich zu warten? Wir hatten keinesfalls verabredet, dass sie mich beköstigen würde. Doch schon machte sie sich daran, die mir zugedachte Speise aufzuwärmen, was etwaigen Protesten meinerseits keinen Raum ließ.

„Mein Mann kam auch immer zu spät. Ich bin das gewohnt."

„Na, dann", sagte ich und setzte mich artig an den Tisch, wo ein Teller nebst Besteck genau an dem Platz auf mich warteten, an dem ich morgens das Frühstück eingenommen hatte.

Schon auf der Steinbank neben einer Tasse Kaffee sitzend, kramte ich mein Handy hervor. Mein weißes Gesicht erschien als erstes und erinnerte mich an mein morgendliches Missgeschick. Warum machten diese Handys auch Fotos nach vorne und nach hinten! Ich wusste, dass mein Handy das konnte, hatte aber in der Eile nicht daran gedacht, die Kamera umzustellen.

„Tun Sie so, als ob Sie ein Selfie machen, wenn Sie ein Objekt fotografieren", hatte mir der Coach gesagt, als er mir auch diese Funktion der Kamera erklärte.

Ich ärgerte mich über mich selbst. Mir war ein eindrucksvolles Foto entgangen. Auf der anderen Seite hatte ich dem Inhaber keinen Vorwand für weitere Mutmaßungen gegeben. Ich war Makler und kein Fotograf von Politikern, die in Wagenkolonnen ihrem Wochenendvergnügen zustrebten.

So schlürfte ich meinen Kaffee, während die Tante in der Küche die Töpfe schrubbte. Eine Eidechse, es musste wohl dieselbe sein, die ich schon einmal gesehen hatte, döste unbeweglich in der Nachmittagssonne und steckte mich mit ihrer Müdigkeit an. Fast hätte ich die Augen geschlossen, wäre die Eidechse nicht plötzlich nach vorne gesprungen. „Wie man sich täuschen kann", sagte ich halblaut vor mich hin.

„Wie bitte?", rief die Tante.

„Die Tasse", erwiderte ich, „ich bringe Ihnen die Tasse."

Als ich in die Küche trat, hatte sie die Kaffeekanne in der Hand.

„Stellen Sie die Tasse auf den Tisch." Ich tat wie geheißen und sie füllte nach.

„Was sind Sie für ein Sternzeichen?" Ich wusste es nicht.

„Sie wissen es nicht? Das lässt ja tief blicken. Aber setzten Sie sich. Kaffee trinkt man nicht im Stehen."

Ich setzte mich. Hatte die erste Tasse Kaffee mich fast schläfrig gemacht, so hatte diese zweite die gegenteilige Wirkung. Bald klopfte mein Herz schneller als sonst und eine künstliche Unruhe ergriff mich.

„Was für einen Aszendenten Sie haben, wissen Sie dann auch nicht."

„Was ist das?", fragte ich.

„Sehen Sie, ich wusste es: Sie wissen nichts. Genau wie mein Mann."

Warum zog ich mich nicht gleich unter einem Vorwand zurück? Warum setzte ich mich diesen unsinnigen Fragen aus?

„Aber den kann man berechnen. Wenn Sie mir sagen, zu welcher Stunde und an welchem Tag Sie geboren sind, kann ich den berechnen."

Die Tante hatte sich ebenfalls an den Küchentisch gesetzt.

„Ich weiß nicht zu, welcher Stunde ich geboren bin."

„Das steht in Ihrer Geburtsurkunde, auf die Minute genau."

Jetzt war ich mir sicher. „Ich habe keine." Damit hoffte ich der Fragerei ein Ende gesetzt zu haben, aber stattdessen war die Tante nun ernsthaft entrüstet. „Jeder hat eine Geburtsurkunde, es sei denn, man hat Sie als Baby ausgesetzt! Solche Kinder haben natürlich nichts, keine Urkunde nichts. Noch nicht einmal einen Namen, nichts."

Sie blickte mich mit einem Anflug von Mitleid an. „Hat man Sie ausgesetzt?"

Die Geschwindigkeit, mit der aus einem frischgebackenen Immobilienmakler ein ausgesetztes Kind wurde, machte mich sprachlos. Wie kamen die Leute nur auf solche Dinge? Wie konnten sie zu solchen aus der Luft gegriffenen Einschätzungen kommen, die absolut nichts mit mir zu tun hatten?

Die Tante deutete mein Schweigen als Eingeständnis. „Sie brauchen nicht darüber reden."

Ich zog meine Hand vorsorglich zurück, denn die ihre kam mir über dem Küchentisch immer näher. Wahrscheinlich war sie versucht, mich zu trösten, aber wofür? Niemand hatte mich ausgesetzt! Ich hatte bloß keine Geburtsurkunde, basta!

„Vielen Dank für den Kaffee", sagte ich und erhob mich.

„Ich versteh' Sie", sagte sie, als ich schon in der Tür war.

Eigentlich hatte ich mich in mein Zimmer zurückziehen wollen, aber um weiteren Gesprächen zu entgehen, floh ich auf die Straße. Die Schatten waren länger geworden und eine angenehme Brise verwehte bald meinen Groll. Ohne Ziel ging ich die schmalen Gassen entlang, mit jedem Schritt mich leichter fühlend, aber immer noch nachdenklich und versucht, den willkürlichen Fremdeinschätzungen etwas entgegenzusetzten.

Wer war ich wirklich? Noch nie hatte ich mir diese Frage gestellt. Warum machte ich auf andere den Eindruck, dass ich alles das sein konnte, was ihnen gerade zu mir einfiel?

In einer Bar kramte ich mein Handy hervor und sah noch einmal auf meine Fotoausbeute der letzten Tage. Eine Toreinfahrt, ein Schild mit der Aufschrift „Sítio Santa Bárbara" und mein bleiches Gesicht.

Ich bestellte ein Bier. Die rhythmische Musik ließ mich an anderes denken, wenn man den Strom der Empfindungen, der mich von Bier zu Bier mächtiger durchfloss, noch Denken nennen konnte.

„Dass die mich für so etwas bezahlen..."

Plötzlich brummte es in meiner Hosentasche. Erst nach einer Weile begriff ich, dass es mein Handy war und dass jemand mit mir sprechen wollte.

„Ich komme", sagte sie.

Das Telefon rutschte mir aus der Hand und fiel in meinen Schoss. Ich griff nach dem Bierglas und merkte erst, als ich es schon an den Lippen hatte und trinken wollte, dass es leer war. Wieder brummte der Apparat. Ich presste die Schenkel zusammen, damit es niemand merkte.

In der Nacht wurde ich wach. Das Licht der Straßenlaterne, dessen Leuchte gestern ausgetauscht worden war, fiel seitlich auf die Dachpfannen und beleuchtete spärlich mein bescheidenes Zimmer. Hatte ich geträumt? Hatte ich zu viel getrunken und war Opfer meiner Fantasie geworden? Ich setzte mich auf die Bettkante und suchte in der Liste der eingegangenen Telefonate Gewissheit. Da war sie, eine unbekannte Nummer als letzte in einer kurzen Liste mit den Anrufen des Coaches. Isabella hatte mich tatsächlich angerufen. „Ich komme", hatte sie gesagt und ich erinnerte mich an ihre Lippen, die bei manchen Silben in den Mundwinkeln geschlossen blieben.

Ich fiel in einen unruhigen Schlaf. Einige Geier saßen auf einem Zebra und zerrten an dessen Rippen, die schon fleischlos nur noch von seinem Rückgrat zusammengehalten wurde. Hinter mir rief jemand: „Wassermann! Wassermann!" Eine Fontäne Blut schoss aus dem trockenen

Savannenboden empor und fiel als ein schwerer Schauer auf uns hernieder. Die Geier hopsten unbeholfen herbei, wurden aber von den Arbeitern händeklatschend verscheucht. Wo war ich? Ich sah, was um mich herum passierte, nahm mich aber selbst nicht wahr. „Wassermann! Wassermann!", rief es wieder und ich wachte mit einem Ruck auf. Ich war in Schweiß gebadet.

Immer noch fiel das künstliche Licht seitlich durch die Dachpfannen. An Schlaf war nicht mehr zu denken. Bis die Straßenbeleuchtung bei Tagesanbruch erlosch, saß ich auf dem Bett und versuchte, die Brunnen zu zählen, die ich schon gebohrt hatte. An diesem Morgen war ich erleichtert, als die Tante endlich anfing, in der Küche zu hantieren.

„Wie sehen Sie denn aus? Ich werde Ihnen einen Tee machen. Das war sicherlich das viele Bier."

Ich setzte mich reumütig an den Tisch. In der Tat hatte ich einen formidablen Kater. Bald stand ein nach abgestandener Beize riechender Tee vor mir. Einige trockene Kekse sollten nicht lange auf sich warten lassen.

„So, trinken und essen Sie, gleich geht es Ihnen besser. Warum haben Sie auch gestern so viel getrunken!"

Ich wusste es nicht. Andere tranken, um zu vergessen. Aber was sollte ich vergessen? Vielleicht war es Langeweile gewesen. Mir fiel kein besonderes Motiv ein, nur dass ich eine Weile meinen Gedanken nachhängen wollte. Aber eines war klar: Nach dem Anruf von Isabella hätte ich besser aufhören sollen.

Isabella, was wollte sie von mir? Hatte der Coach sie geschickt? Aber das machte keinen Sinn. Sie war Psychologin und hatte mit dem BND nichts zu tun. Aber wie wäre sie sonst an meine Telefonnummer gekommen? Mittlerweile saß ich wieder auf der Bank unter dem Baum und war eine Weile versucht, mich hinzulegen und mir das Lederkissen unter den Kopf zu schieben.

Wenn ich ihren Brief noch gehabt hätte, wäre ich vielleicht auf einen Hinweis gestoßen. Hatte sie nicht geschrieben, „wir sehen uns bestimmt noch einmal wieder"? Nein, nein, das hatte sie nicht. Aber wie hatte sie den Brief beendet? Stand da nicht „bis bald"?

Meine Erinnerung ließ mich im Stich und der benebelte Zustand meines Kopfes machte alles nur noch schlimmer. Ich ließ den Tee stehen. Noch einen Schluck und ich hätte mich übergeben.

Erst am Abend war ich wieder in einem einigermaßen wiederhergestellten Zustand. Mit dem Gefühl, von einer Krankheit genesen zu sein, schlenderte ich bis in das Zentrum von Atibaia und kam sogar, ohne dass ich das vorgehabt hätte, bis zum Busbahnhof. Genau dort, wo ich vor nun schon einer Woche angekommen war.

Ein Fernbus wartete mit laufendem Motor auf den Beifahrer und einen Passagier, die noch dabei waren, ein überdimensionales Gepäckstück in dem dafür vorgesehen Laderaum unter den Sitzen zu verstauen. Schon schlug die Tür zu und der Fahrer trat mehrmals aufs Gaspedal, um mit dem rhythmischen Motorgeräusch die Abfahrt seines Gefährts anzukündigen. Drinnen erschienen einige winkende Hände an den Fenstern, die von den Umherstehenden, es mochten wohl Familienangehörige sein, mit Lebewohlrufen erwidert wurden. Eine Frau lachte, eine andere wischte sich Tränen aus dem Gesicht. Als der Bus rückwärts aus der Haltebucht herausgefahren war und mir die Frontseite zuwandte, konnte ich sehen, wohin es ging. RIO stand in drei großen Lettern auf einem Leuchtkasten, der im Innern hinter der Windschutzscheibe angebracht war.

Abschiede, auch solche, mit denen ich nichts zu tun hatte, stimmten mich immer melancholisch. Wann mochten sich diese Menschen wiedersehen? Vielleicht sahen sie sich nur ein Mal im Jahr, hatten Vater und Mutter besucht, die jetzt betrübt nach Hause gingen und schon begannen, die Tage bis zum nächsten Wiedersehen zu zählen. Wann hatte ich meine eigenen Eltern das letzte Mal gesehen? Vater war schon früh gestorben, schon vor meiner Zeit in Mozambique und Mutter hatte ich noch zwei-, dreimal besucht, bis ich dann mit einer Woche Verspätung die Nachricht erhielt, dass sie tot sei. Von da an war ich unten geblieben, für immer. Meine Urlaube hatte ich nie genommen. Warum auch?

111

Wer von meinen wenigen Freunden noch etwas von mir wollte, sollte mich doch besuchen, so dachte ich damals. Das Ergebnis wäre voraussehbar gewesen: Meine Freundschaften verloren sich nach und nach im Raum oder besser gesagt, in einem immer länger werdenden Schweigen. Nur Bodo hatte mich ein Mal besucht. Ich bin ihm bis Maputo entgegengefahren und wir sind dann die ganzen zwei Wochen, die er hatte, in seinem Hotel geblieben und haben neben dem Swimmingpool getrunken, ich Bier und er Whiskey. Damals war er noch nicht mit Isabella verheiratet.

Jetzt mit klarem Kopf, sah ich mir noch einmal die Liste mit den eingegangenen Telefonaten an. Das Ergebnis war dasselbe wie in der Nacht. Nach einer Reihe von Nummern, die vom Coach stammten, eine einzige unbekannte. Sie gehörte zur Stimme Isabellas, zu jener knappen Ankündigung: „Ich komme!"

Es gibt Dinge, die kann ich einfach nicht begreifen. Ich stehe davor und habe noch nicht einmal einen Namen dafür. So geht es mir oft mit Pflanzen oder Tieren. Sie sind so merkwürdig, dass selbst eine wissenschaftliche Bezeichnung mich nicht beruhigt. Im Naturkundemuseum hatte ich dieses Gefühl das letzte Mal. Da stand ich vor diesen ausgestopften Wesen, die mich mit stieren Glasaugen ansahen, und ein Schildchen nebenan ließ mich wissen, das ist ein Tukan und das ist ein Faultier.

In Stücke zerlegt, mit Nadeln fein säuberlich aufgespießt, auf ein zusammengeschraubtes

Skelett reduziert oder ausgebleicht in Formol schwimmend: Ich stand fassungslos vor diesen Dingen die, so hatte man uns beigebracht, zur Schöpfung gehörten. Am ungeheuerlichsten waren – ich hatte diesbezüglich keinen Zweifel – die Quallen und blinkenden Tiefseefische. Ich kannte sie nur aus Filmen, aber das hatte mir schon gereicht. Wie konnte ein Schöpfer nur auf so etwas kommen? Nicht unsere ausgefallensten Künstler haben so eine – ja, ich muss es sagen – absurde Fantasie. Sind diese bizarren Gestalten geschaffen worden, um uns zu zeigen, was Wahnsinn ist? Ich weiß es nicht, bin mir aber sicher, dass jene so realen Wesen die verrückteste Fantasie bei Weitem übertreffen, denn diese können wir abschütteln, wie einen Albtraum. Die Realität hingegen klebt an uns wie die eigene Haut. Und selbst die ist mir, wenn ich jetzt mit meiner rechten Hand über meinen linken Unterarm fahre, nicht ganz geheuer.

„Ich komme", hatte sie gesagt, einfach so. Was sollte das bedeuten? Meine Distanz zu den Dingen weitete sich für Augenblicke auf dieses unvermeidliche Ereignis aus. Irgendwann würde sie vor mir stehen und mich mit ihren himmelblauen Psychologenaugen ansehen. Und was dann? Wieder vermisste ich ihren Brief, der hätte mir vielleicht Anhaltspunkte gegeben, hätte mich eindringlicher an das erinnert, was unsere Begegnung in Berlin für sie bedeutet hatte und was sie jetzt von mir erwartete.

Ich war innerlich wie erstarrt und wusste, dass ich ihr ohne ein Konzept völlig ausgeliefert war. Sie würde agieren und ihre Gefühle würden den meinen eine Fessel überstreifen, an der sie mich nach Gutdünken hinter sich herzog. Was tun?

Der Tante war mein Zustand nicht entgangen. Wie auch, war ich doch, als sie die Tür der Pension öffnete, wortlos an ihr vorbeigegangen und hatte ihr erst am Ende des Korridors einen guten Abend gewünscht.

Ich setzte mich an den Küchentisch, an dem der Platz an der Stirnseite, wie auch an den anderen Abenden, mit Dessertteller, Tasse und Untertasse, für mich vorbereitet worden war. Die Tante baute Brotkorb, Käseglocke und das Töpfchen mit Butter vor mir auf, hielt mir den Kasten mit den Teebeuteln hin und schenkte mir heißes Wasser ein, nachdem ich mich gedankenlos für grünen Tee entschieden hatte.

„Eigentlich wäre ja Kamillentee besser gewesen, der beruhigt."

„Ja", sagte ich, „aber jetzt ist es zu spät."

„Wenn Sie noch etwas brauchen, Sie können mich ruhig rufen."

Als ich auf dem Rücken lag und zu den Dachpfannen hinaufblickte, war ich der Alten fast dankbar. Eine gewisse Routine hatte sich in den letzten Tagen in meinen Tagesablauf eingeschlichen, die diesem einen geordneten Rahmen und beinahe einen Sinn gaben. Wer keine Brunnen bohrt oder anderweitig nützlich ist, sollte wenigstens zivilisiert frühstücken und zu Abend essen. So dachte ich und schlief trotz meines vom grünen Tee beschleunigten Herzschlags bald ein. Zu meiner Überraschung erwachte ich erst, als die Sonne schon hoch am Himmel stand und die Luft in meinem fensterlosen Zimmer stickig wurde.

„Ich habe Rührei gemacht", sagte die Tante auf dem Korridor.

Ich verbrachte die nächsten Tage in einem Zustand nahezu völliger Apathie. Nachdem ich noch ein weiteres Mal bis zu besagtem Landgut vorgedrungen war und von der verschlossenen Toreinfahrt ein, mit dem ersten fast identisches, Foto gemacht hatte, gab ich es auf. Wenn ich nicht auf dem Bänkchen hinter dem Haus saß, lag ich meistens auf meinem Bett und starrte auf die Unterseite der Dachpfannen, durch die tagsüber ein rötliches Dämmerlicht drang.

Der Tante schien es nur recht zu sein. Sie folgte einem scheinbar seit Urzeiten eingerichteten Rhythmus, in den ich mich einfügte, ohne eine Geste des Widerstandes. Warum auch? Mochten andere die Entscheidungen treffen, zu denen ich keine Kraft fand. Frühstück, Mittagessen, Abendbrot. Wenn das der Lauf der Welt war, es sollte nicht an mir liegen, seine Richtung zu stören.

Mein Handy war ebenfalls in einen Zustand verfallen, den man auf eine technische Apparatur bezogen nur als „off" bezeichnen konnte. Zwar blinkte seine „Stand-by"-Anzeige emsig vor sich hin, hatte aber auf mich nur den Effekt, das Gefühl des Unsinns jeglicher Geschäftigkeit zu verstärken. Da ich es nicht benutzte –außer für besagtes Selfie, das ich bei Inaugenscheinnahme noch am Abend desselben Tages gelöscht hatte – dauerte es nahezu eine Woche, bis das winzige Blinklicht kein Lebenszeichen mehr von sich gab.

Kurioserweise war dieses Erlöschen des mechanischen Blinkens ein Signal für mich. Ich nahm das stumme Artefakt in die Hand. Es schien, als ob das erloschene Lämpchen sagen wollte: Tu etwas! Ich setzte mich auf. Für den Bruchteil einer Sekunde schwand das Blut aus meinem Kopf. Irgendwo in der Schublade neben dem Bett hatte ich das Aufladekabel verstaut. Bald war es hervorgekramt und sein Ende in den leblosen Apparat gesteckt. Mit einem tiefen Brummen bestätigte es dankbar den frischen Energiestoß.

Dann auf dem Steinbänkchen wollte sich das Handy gar nicht wieder beruhigen. Hatte ich selbst statt des ordinären Klingelns eine neue Variation gewählt oder war es dergestalt programmiert worden? Eine Kaskade von wilden Tönen, von einem Habichtschrei rhythmisch unterbrochen, schreckte mich auf. Wie stellte man dieses Telefon nur ab?

Die Tante, von dem infernalischen Geräusch herbeigerufen, schwenkte den Arm. Was wollte sie?

„Bewegen", rief sie, „einfach nur bewegen!"

Offenbar verstand sie mehr von der neuen Technik als ich. So nahm ich das kreischende Gerät und schwenkte es durch die Luft, worauf es prompt verstummte. Vorsichtig führte ich es an mein Ohr, jederzeit mit einem neuen Habichtschrei rechnend.

„Ich bin da", sagte Isabella, „ich bin da."

Sie stand bereits vor der Pension und wartete auf mich. Eine leichte Sommerjacke über die Schulter geworfen, lächelte sie mich an und sagte: „Ich stehe hier seit bestimmt zehn Minuten und rufe dich ununterbrochen an. Warum hast du nicht abgenommen?"

„Meine Batterie war leer", antwortete ich verdattert.

„Deine oder die von deinem Handy?"

Ich war auf ein Streitgespräch nun überhaupt nicht erpicht und wiegelte ab.

„Entschuldigung, ein dummer Zufall. Was machen wir? Sollen wir einen Kaffee trinken?"

Sie trat einen Schritt zurück und musterte die Fassade meiner Pension.

„Ein Stern oder zwei Sterne? Auf jeden Fall bist du sparsam. Ich habe mich in einem Hotel in der Innenstadt einquartiert. Die haben ein vernünftiges Restaurant. Kommst du mit?"

Während ihrer letzten Worte hörte ich die schlurfenden Schritte der Tante auf den hölzernen Bohlen des Korridors. Ich willigte ein und zog schnell die Eingangstür hinter mir zu.

Im Taxi, das sie an der Ecke hatte warten lassen, wies sie auf die Rückbank, wo einer der beiden Sitze von einem Paket belegt war.

„Das lassen wir am besten gleich hier. Sei doch so freundlich!"

Ich nahm das Paket an mich und ging die paar Schritte zurück zur Pension. Die Tante, die im Korridor hinter der Tür gewartet hatte, öffnete, als ich schon das Paket absetzen wollte, um eine Hand für den Türknauf frei zu haben.

„Ah, die Post. Ich hatte mich schon gewundert", sagte sie, „so ohne Gruß einfach aus dem Haus, das ist doch nicht Ihre Art."

„Ja, die Post. Aber ich stell' das hier nur ab und muss gleich wieder weg. Eine Einladung."

„Gut, gut. Zum Abendessen kommen Sie also nicht."

„Nein, heute nicht." So etwas wie ein schlechtes Gewissen wollte in mir aufkommen, als ich zurück zum Taxi hastete. Irgendwie hatte ich das Gefühl, der Tante gegenüber unfair zu sein.

Isabella dirigierte vom Rücksitz aus den Fahrer zu ihrem Hotel, auf Umwegen, so schien es. Ich, auf dem Beifahrersitz, spürte ihren Atem in meinem Nacken, traute mich aber nicht, mich umzudrehen. Es war fast wie in jenen Filmen, wo der Mann auf dem Hintersitz eine Pistole in die Rückenlehne vor sich drückt, um ungesehen seinen Willen

118

durchzusetzen. Zumindest meinte ich, so etwas wie ein kaltes Eisen in meinem Rücken zu fühlen.

Vor dem Hotel hüpfte sie vor mir aus dem Wagen und überließ mir das Bezahlen, was eine ganz schöne Zeit in Anspruch nahm, da der Fahrer das Wechselgeld aus den verschiedensten Verstecken hervorkramen musste. Als ich endlich ausstieg, war niemand mehr auf dem Bürgersteig, doch der uniformierte Türsteher machte eine einladende Armbewegung, aus der ich schloss, dass Isabella schon eingetreten war.

Sie saß an der Bar und wedelte sich mit der Getränkekarte Luft zu.

„Ein Fächer würde besser zu dir passen", sagte ich, als ich den Hocker neben ihr bestieg.

Sie neigte den Kopf zur Seite, sodass einer ihrer schweren Ohrringe frei in der Luft schwang, während der andere sich auf die verschwitzten Härchen legte, die den Nackenansatz bedeckten.

„Meinst du?"

Der Ton meiner Bemerkung hatte offengelassen, ob ich mich auf ihre elegante Pose bezog oder auf ihre herrschaftliche Art, mit der sie mich bis jetzt behandelt hatte. Ich zog es vor, sie im Unklaren zu lassen.

„Was ist in der Kiste? Ein Geschenk?"

Sie klappte die Getränkekarte zu. „Ein Vorwand. Deshalb haben sie mich fliegen lassen."

Ich wartete.

„Wenn du gleich alles wissen willst, es ist…", und sie wartete, bis der Kellner das Bier vor mir abgestellt und sich wieder entfernt hatte, „…es ist eine Drohne."

Fast hätte ich gelacht. „Eine Drohne? Und deshalb bist du hierhergeflogen? Um mir ein Paket mit einer Drohne zu geben?"

„Ein Vorwand, ich sagte es schon."

Sie glitt vom Barhocker und streifte mit der Hüfte meinen Oberschenkel.

Ich konnte sie nicht ansehen. Obwohl es nur einer kaum merklichen Drehung meines Kopfes bedurft hätte, um ihr in die Augen zu schauen, konnte ich es nicht. Sie tupfte mit ihrem Zeigefinger in die Bierlache, die sich langsam am Fuße meines überfüllten Glases bildete.

„Sag doch etwas!"

Statt etwas zu sagen, hob ich das Glas und nahm einen Schluck. Sie zog ihren Finger zurück.

„Dann nehme ich sie wieder mit!" Sie hatte den Mund trotzig verzogen und machte sich daran, wieder auf ihren Hocker zu klettern. Beabsichtigt oder nicht, der Hocker neigte sich bedenklich zur Seite und wäre sicherlich umgestürzt, hätte ich nicht schnell mein Bier abgesetzt und ihr den nötigen Halt verschafft.

„Wen willst du wieder mitnehmen?" Meine Hand hielt noch den Sitz des Hockers, auf dem sie sich umständlich zurechtsetzte.

„Die Drohne", sagte sie und brachte ihre blauen Augen bedenklich nahe vor den meinen in Stellung.

„Die Drohne?", konnte ich noch herausbringen, dann küsste sie mich, ohne auf nennenswerten Widerstand meinerseits zu stoßen.

Am nächsten Morgen schlich ich schlechten Gewissens in die Pension zurück. Als ich in die Küche kam, war das Frühstücksgeschirr schon abgeräumt und die Tante fuhrwerkte am Gasherd herum.

„Ein Mann hat nach Ihnen gefragt", sagte sie, ohne sich umzudrehen.

„Guten Morgen!", erwiderte ich, froh, dass das Schweigen gebrochen war.

„Guten Tag", gab sie zurück.

„Wie hieß er?"

„Keine Ahnung. Aber er war bestimmt ein Deutscher, so wie er sprach."

Ohne die mindeste Idee davon zu haben, wer denn dieser unbekannte Besuch gewesen sein könnte, der zudem meinen Namen wusste, zog ich mich in mein Zimmer zurück. Das Paket mit der Drohne stand auf meinem Bett.

„Wollen Sie einen Kaffee?", scholl es hinter mir her. Dankbar für jede Verbesserung des eisigen Klimas, machte ich ein paar Schritte zurück und nahm das Angebot lächelnd an.

„Zehn Minuten. Ich mache einen frischen, der vom Frühstück ist ja schon abgestanden!"

So saß ich bald wieder auf der Steinbank im Garten hinter der Küche, hatte einen dampfenden Kaffee neben mir stehen und machte mich daran, das Paket mit der Drohne zu öffnen.

Eine Gebrauchsanleitung lag gleich obenauf. Viel mehr als die Propeller an die vier Arme zu stecken und diese an den Teil anzukoppeln, der den Motor enthielt, war nicht zu machen. Natürlich war die Batterie leer und so trug ich sie in mein Zimmer, um sie mittels des noch zusammengerollten Netzteils aufzuladen. Schon bald blinkte die Drohne abwechselnd grün und rot, um mich, so schien es, an mein Handy zu erinnern, für das eine Halterung an ihrer Unterseite angebracht war, in die das Mobiltelefon mühelos eingeklickt werden konnte.

Die Absicht meiner Auftraggeber war klar, ich sollte das Landhaus aus der Luft fotografieren, nachdem alle anderen Versuche, einen aussagekräftigen Einblick zu erhaschen, gescheitert waren. Jetzt erst fiel mir wieder der Mann ein, der gestern nach mir gefragt hatte. War er etwa von Berlin geschickt worden, um mir dieses Ding zu erklären? Aber ich war Ingenieur, das wussten sie doch und so ein Spielzeug setzt jedes Kind zusammen. Wer war also dieser Mann?

Ich beschloss, am nächsten Tag einen neuen Vorstoß zu wagen. Es war schon fast zwölf Uhr und die Batterie würde ohnehin Stunden brauchen, bis sie aufgeladen war. Ich brauchte Licht von oben, um scharfe Fotos machen zu können. Morgen Mittag wollte ich an Ort und Stelle sein.

Das war der Plan, doch es kam anders. Gleich nach dem Mittagessen brummte das Handy. Es war nicht der Coach, sondern die andere Nummer, die von Isabella.

„Mein Ex ist hier. Er will dich kennenlernen."

Fast wäre mir das Handy aus der Hand geglitten.

„Was?"

„Mein Ex will dich kennenlernen."

„Was habe ich mit deinem Ex zu tun?" Vielleicht war meine Reaktion etwas grob, aber ich hatte keine Wahl. Oder hatte sie einen anderen Ex oder gar mehrere? Ich fragte nach.

„Sag mir wenigstens, wie er heißt."

Sie betrachtete meinen Nachsatz offenbar als Signal für mein Einlenken und beschwichtigte.

„Er ist in Ordnung. Wir haben schon lange nichts mehr miteinander. Er ist heute nur ein guter

Freund. Und er ist so weit gereist, nur um mich zu sehen. Und dich auch."

Ich wartete.

„Ach so, er heißt Bodo."

„Und ich heiße Wassermann. Für Berlin, für dich und für ihn erst recht."

Mein Entschluss stand fest. Bodo treffen und das als Liebhaber seiner ehemaligen Ehefrau? Niemals!

„Du willst also nicht? Schade. Wann sehen wir uns?"

Ich brauchte Zeit, um die Situation auszuwerten. Zeit, um meine Gefühle in ruhigeres Fahrwasser zu bringen.

„Ich ruf' dich an, wenn ich wieder da bin."

„Du gehst aus? Wo gehst du denn hin?", hörte ich sie noch sagen, aber statt zu antworten, drückte ich auf den seitlichen Knopf meines Handys.

In weniger als zehn Minuten hatte ich meine Reisetasche gepackt, die Drohne auseinandergenommen und mich von der fassungslosen Tante verabschiedet. Das Taxi stand schon vor der Tür und brachte mich zum Busbahnhof. Ich hatte kein Ziel, nur den brennenden Wunsch, diese Stadt auf dem schnellsten Weg zu verlassen. So kaufte ich ein Ticket und sprang in den nächsten Bus, der schon zur Abfahrt bereitstand. Kaum hatte ich die Reisetasche und die Kiste mit der Drohne in der

Gepäckablage über mir verstaut, ging es los. „Campinas", las ich auf meinem Ticket.

Der Bus war halb leer und der Nebensitz war frei. Als ich mich unbeobachtet fühlte, nahm ich mein Handy, montierte mit einiger Mühe den hinteren Deckel ab und nahm den Chip heraus. Jetzt hatte ich zwölf Stunden Zeit. Zwölf Stunden, bis der BND anfangen würde, mich zu suchen. Zwölf Stunden, in denen Isabella mich nicht anrufen konnte und niemand in der Lage war, mich zu lokalisieren.

Ich musste wohl eingeschlafen sein, denn plötzlich hieß es „Campinas!" und ein allgemeines Gedränge im Gang ließ keinen Zweifel: Der Bus war an seinem Bestimmungsort angekommen. Anders als in Atibaia war schnell ein Hotel in der Nähe gefunden, und ich streckte mich bald auf dem Doppelbett eines modern eingerichteten Zimmers aus.

Die Eintönigkeit der weiß gestrichenen Zimmerdecke erinnerte mich an die Dachpfannen in der Pension der Tante. Was sie wohl machte? Ich sah auf die Uhr. Sicherlich bereitete sie gerade das Abendbrot vor. Heute stellte sie nur eine Tasse und einen Teller auf den Tisch. Sie tat mir leid und meine schnelle Abreise, die ich ohne irgendeine Erklärung Hals über Kopf angetreten hatte, kam mir ungerecht vor. Sie hätte mehr Aufmerksamkeit meinerseits verdient, war sie doch stets um mein Wohlbefinden bemüht. „Ich werde ihr etwas mitbringen. Ein kleines Andenken einer ungeplanten Geschäftsreise."

Die Unerreichbarkeit, die ich wie den ersten Tag eines langen Urlaubes genoss, sollte jedoch nicht mehr lange dauern. In zwei Stunden spätestens musste ich den Chip wieder in den Apparat stecken oder ich würde von Berlin als vermisst erklärt. Was immer das auch bedeuten sollte, das Gesicht, das der Coach machte, als er mich darüber aufklärte, verhieß nichts Gutes.

Im Geiste sah ich meine Totenanzeige. In dicken schwarzen Lettern stand WASSERMANN, daneben zwei gekreuzte Palmwedel. Jetzt sah ich auch den Vers, der wie üblich den Todesanzeigen eine religiöse oder gar poetische Note gibt. „Auf einen Stern zugehen", stand da und jetzt konnte ich auch den Namen des Autors entziffern: „Martin Heidegger". Ich suchte die Liste der Angehörigen, aber ich fand keine. Nur ein kurzes Dankeswort vom Bundesministerium für Wirtschaftliche Zusammenarbeit mit dem Hinweis auf meine jahrzehntelange, aufopferungsvolle Arbeit in der Entwicklungszusammenarbeit. Diese penetrante Zusammenarbeit ging mir auf die Nerven, und so löste sich die bis dahin beruhigende Vorstellung von meinem offiziellen Tod in nichts auf.

Warum steckte ich den Chip nur wieder in diesen unseligen Apparat? Warum warf ich ihn nicht einfach weg oder ließ ihn da, wo er war, eingezwängt zwischen Kreditkarte und Personalausweis? War ich zu einer willenlosen Marionette geworden, die nicht mehr in der Lage war, ihren eigenen Weg zu gehen? Der Personalausweis hatte von mir nur das Foto, alle

Daten waren frei erfunden. Auch die Kreditkarte, auf einen gewissen Wassermann ausgestellt, hatte nichts mit mir zu tun. Eine ellenlange Nummer, ein flimmerndes Hologramm, das war die Basis meiner Existenz. Es mochte wohl diese Kreditkarte sein, die mich dazu brachte, den Chip in das Handy zu stecken. Wassermann hatte Geld, ich nicht. Noch brauchte ich ihn, aber ich begann, seiner überdrüssig zu werden.

Ich wusste, dass sie anrufen würden. Wer sollte der erste sein? Der Coach? Isabella? Es war der Coach.

„Alles klar?"

„Alles klar", antwortete ich so trocken wie möglich.

„Ich sehe, Sie sind nicht mehr in Atibaia."

„Ich bin in Campinas."

„Warum war das Handy tot?"

Das sagte er tatsächlich: „Warum war das Handy tot?" Ich schluckte. Und erfand die kindischste Ausrede, die mir einfallen konnte.

„Es ist hingefallen. Aber jetzt geht es wieder."

„Okay. Vergessen Sie nicht die Koordinaten von Atibaia."

Damit war das Gespräch beendet. Er hatte noch nicht einmal gefragt, warum ich so plötzlich abgereist war. Ich war versucht, den Chip wieder herauszunehmen, aber schon brummte und blinkte es gleichzeitig.

„Bist du verrückt geworden?" Es war Isabella. „Ich habe mir solche Sorgen gemacht. Wo bist du?"

Obwohl ich mir einige komplizierte Erklärungen meiner Flucht – man konnte es wirklich nicht anders nennen – ausgedacht hatte, reagierte ich auch diesmal völlig improvisiert.

„Dienstlich", sagte ich, „ich bin dienstlich unterwegs."

„Wann kommst du wieder?"

„Ist dein Ex noch da?"

„Bist du eifersüchtig?", sie lachte, teilte mir dann aber mit, wohl um mich zu besänftigen, dass er noch fünf Tage bleibe. „Ich habe wirklich nichts mehr mit ihm. Und von dir habe ich ihm gar nichts erzählt."

Ich stutzte. Wer war dann der Mann, der mich in der Pension besuchen wollte? Glücklicherweise konnte ich ihr sagen, dass meine Dienstreise in einer Woche beendet sei. Und ich fügte hinzu, dass sie sich noch so lange mit ihrem Ex begnügen müsse.

„Scherzbold", sagte sie und das Gespräch war beendet.

Irgendwie war ich wieder da, wo ich angefangen hatte. Ich war im Kreis gelaufen. Genauer gesagt, ich musste wieder in die Pension der Tante zurück, um den Kreis zu schließen. Wenigstens hatte ich ein peinliches Wiedertreffen mit Bodo vermieden, so war meine Bilanz. Und Isabella? Die wartete auf mich und hatte Dinge mit mir vor, die ich nur erahnen konnte.

So machte ich in den nächsten Tagen das, was seit meiner Ankunft in Brasilien meine Hauptbeschäftigung gewesen war: die Zeit totschlagen. Zu Trainingszwecken, so redete ich mir selber ein, nahm ich die Drohne mit in den Stadtpark und testete ihre maximale Höhe, sowie überhaupt das Funktionieren der Fernsteuerung. Auch war ich jetzt im Besitz einiger Selfies, auf denen ich vor grünem Hintergrund mit zusammengekniffenen Augen in den Himmel starrte.

Isabella hatte nicht wieder angerufen. Ich hatte ein paar Mal auf ihre Nummer gesehen, es dann aber unterlassen, sie anzuklicken. Jetzt, wo Bodo schon wieder im Flieger nach Deutschland saß, konnte ich mich an Einzelheiten der Nacht unseres Wiedersehens erinnern, ohne in Panik zu geraten.

In Wahrheit hatte ich keine Ahnung davon, was sie Besonderes an mir fand. Für mich war sie eine Frau wie jede andere, die ich wie jede andere behandelte. Ich dachte dabei nicht nach. Wahrscheinlich war das Bett sowieso einer der wenigen Orte, wenn nicht der einzige, wo ich nicht dachte, an gar nichts. Nicht daran, wie ich sie beeindrucken könnte, nicht daran, wie sie mich befriedigen könnte. Wenn es eine Situation gab, in der für mich alles natürlich war, dann hier. Nichts hatte eine andere Bedeutung, außer da zu sein und zu geschehen.

Deshalb hatte mich ihr Brief auch so verwundert. Sie hielt mir so etwas wie einen Spiegel vor, der reflektierte, was sie mit mir erlebt hatte. Ich konnte das nicht, mich selbst sehen oder fühlen, wie auch? Obwohl ich ihre Begeisterung für mich, oder wie sollte ich es sonst nennen, nicht richtig verstand, hatte sie mich neugierig gemacht.

Vielleicht spürte ich auch erst jetzt die langen Jahre der Einsamkeit in den Tropen. Eine Einsamkeit, die nichts mit fehlender Gesellschaft zu tun hat, sondern mich reduziert auf das Einzige, was ich für die anderen bin: ein Fachmann, ein einfaches, nützliches Individuum. Denn das war ich in den letzten zwanzig Jahren, lediglich ein Wassermann, lebenswichtig für die trockenen Felder und die durstigen Kehlen, aber ansonsten nicht existent. Wenn das Wasser in die Zisterne schoss und sie mich feierten, galt das nicht mir, sie feierten das Wasser. Gut vielleicht auch den Mann, der es ihnen aus fünfzig Metern Tiefe an die Oberfläche holte, aber ohne das Wasser war ich nichts.

Isabella brauchte kein Wasser, ich hatte ihr nichts zu bieten und sie verlangte auch nichts von mir, nichts Praktisches. Gut, sie wusste mehr von mir als ich von ihr, hatte sie doch meine seitenlangen „freien Assoziationen" gelesen. Hatte sie da irgendetwas gesehen, in dem, was ich geschrieben hatte, von dem ich nichts wusste?

Auf jeden Fall musste ich zugeben, dass Isabella seit Langem die erste Frau war, die mich innerlich beschäftigte. Nicht immer, nicht oft, aber manchmal, wenn ich an sie dachte, fühlte ich mich dabei ertappt, dass ich mich an Details unserer wenigen Begegnungen erinnerte, unwichtige Details.

Ich verließ Campinas, wie ich gekommen war, mein rollendes Reiseköfferchen hinter mir herziehend und den Karton mit der Drohne unter dem Arm. Meine Rückkehr in die Pension hatte ebenfalls etwas von einer Wiederholung. Die Tante öffnete mit einem Gesicht, als hätte sie während meiner achttägigen Abwesenheit ohne Unterbrechung geschmollt. Trotz offensichtlicher Missbilligung meines Verhaltens ließ sie mich ein und öffnete sogar die Tür zu meinem Zimmer. Das Bett war frisch bezogen. Immer noch war ich der einzige Gast.

Der Coach hatte bisher nicht wieder angerufen. Doch ich argwöhnte, dass dies bald geschehen würde und versuchte, ihm zuvorzukommen. Nein, nicht mit einem Anruf meinerseits, sondern mit der Ablieferung irgendeines halbwegs akzeptablen Resultats meiner Arbeit.

Arbeit, fast hätte ich gelacht, denn dieses wochenlange Herumlungern als Arbeit zu bezeichnen, grenzte ans Absurde. So machte ich mich am nächsten Morgen auf, nicht ohne der Tante zu schwören, dass ich bis zum Abendessen wieder da sei.

„Männer!", sagte sie in einem Tonfall, der all ihr Unbehagen zusammenfasste, drückte mir aber einen Beutel mit Verpflegung in die Hand, in dem selbst eine Thermoskanne mit heißem Milchkaffee nicht fehlte. „Den mögen Sie doch, oder?", sie sah mich jetzt fast fürsorglich an und fügte hinzu: „Was soll ich sagen, wenn wieder jemand nach Ihnen fragt?"

„Wenn es eine Frau ist, sagen Sie, dass ich nicht da bin. Wenn es ein Mann ist, sagen Sie, dass ich abgereist bin."

Mit der Drohne unter dem Arm und dem Essbeutel am Handgelenk eilte ich fort. In der Stadtmitte mietete ich wieder einen Wagen, um keinem Taxifahrer Erklärungen zu schulden. Heute schien alles zu klappen. Keine Straßensperre hielt mich auf und selbst das Wetter war ideal, um meine Drohne fliegen zu lassen. Mein Auto parkte ich nur wenige Meter vor der Einfahrt des Landhauses und in einem Anfall von Dreistigkeit hupte ich zwei-, dreimal, ganz so, als ob ich Einlass wünschte. Ich erschrak mich ob meines Leichtsinns, aber irgendetwas in mir wollte diese verschlossene Einfahrt aufstoßen, wollte diese sterbenslangweilige Mission beenden – so oder so.

Nichts rührte sich. Keine Schritte näherten sich. Kein Leibwächter stand plötzlich hinter mir. Ich stieg mit dem Proviantbeutel an der Hand aus. Wenn einer fragen sollte, war ich ein Immobilienmakler, der gerade eine kurze Kaffeepause machte. In der Tat nahm ich einen

Schluck von dem noch heißen Milchkaffee, den die Tante mir mitgegeben hatte.

Die Drohne war bald startklar gemacht und auf ging es. Mit der im Essbeutel versteckten Fernsteuerung gelenkt, brummte der Flugapparat angriffslustig über mir und war bald in der Höhe verschwunden. Man sah diesem harmlosen Kaffee trinkenden Menschen nicht an, dass er im Abstand von einer Sekunde eine Unzahl von Fotos des Landhauses Santa Bárbara schoss. Wie ein professioneller Fernaufklärer auf dem Deck eines Flugzeugträgers landete die Drohne nach mehrmaligem Kreisen über dem Landsitz schließlich auf dem Dach meines Wagens. Ich klinkte nur mein Handy aus der Halterung, steckte es in die Hosentasche und legte die Drohne noch in montiertem Zustand in den Kofferraum. Plötzlich hatte ich es eilig, ich wollte nicht im letzten Augenblick um die Früchte meiner Arbeit gebracht werden. Doch niemand hielt mich auf, sodass ich bald auf der Hauptstraße war, die mich in die Stadt zurückbrachte. Dieses Mal hatte ich Glück gehabt.

Auf der Steinbank im Garten der Pension sitzend, sah ich mir meine Ausbeute an. Wie zu erwarten, war die Mehrzahl der über hundert Bilder unscharf oder zeigte die das Landhaus umgebende Vegetation. Ich löschte ein Bild nach dem anderen bis auf die, welche tatsächlich das Landhaus oder seine unmittelbare Umgebung zeigten. Schließlich hatte ich fünf oder sechs übrig, mit denen ich einigermaßen zufrieden war, denn sie präsentierten außer dem Haupthaus eine ganze Anzahl von Nebengebäuden, etwas, das aussah wie ein Gemüsegarten, und einen kleinen See, auf dem zwei Schwäne schaukelten.

Die überdimensionale Größe dieser Schwäne ließ mich stutzen, doch dann lachte ich über mich selbst, denn es handelte sich keinesfalls um diese majestätischen Schwimmvögel, sondern um zwei am Steg vertäute Tretboote. Diese hatten allerdings Schwanenform und als ich meine Finger auf dem Touchpad spreizte, um mir dieses Detail des Fotos vergrößert anzusehen, konnte ich deutlich zwei auf die schwarzen, über die Sitze gespannten, Schutzplanen gepinselte Namen erkennen: Pedro und Arthur.

Auch die anderen Fotos zeigten ein ansprechendes Anwesen, das man sich sehr gut als Ort eines beschaulichen Lebensabends vorstellen konnte. Oder eben als Feriendomizil für eine Familie mit vielen Kindern, Verwandten und Freunden, denn Platz war wahrlich genug in diesem an einem kleinen aufgestauten Weiher gelegenen Paradies.

Ich hatte eigentlich keinen Anlass dafür, aber bevor ich die ausgewählten Fotos mit einem Klick nach Berlin beförderte, machte ich davon eine Kopie auf meinem USB-Stick und suchte nach einem Versteck. Die Heiligenfigur auf der Kommode schien mir geeignet. Der tönerne, bunt bemalte Heilige Franziskus war innen hohl und von unten mit einem Plastikdeckelchen verschlossen, was leicht zu entfernen und auch wieder anzubringen war. Hier verwahrte ich die digitale Kopie meiner Fotoausbeute.

Zwei Tage später rief mich der Coach an und bedankte sich überschwänglich für meine Arbeit. Er sagte tatsächlich Arbeit. Dieser ansonsten ziemlich wortkarge Mensch musste wohl von anderer Seite, hohe Tiere in der BND-Hierarchie, wie ich annahm, ebenfalls gelobt worden sein, denn er sprach mehrmals von denen da oben, denen die Spucke weggeblieben wäre. Auch das sagte er, die Spucke wäre ihnen weggeblieben.

Jetzt war es an mir, sprachlos zu sein, denn ich hatte nun mal keine Aufnahmen von einem geöffneten Raketensilo gemacht, sondern von einem betulichen Landsitz, auf dessen Mini-See zwei Tretbötchen ankerten.

„Machen Sie Urlaub, den haben Sie verdient!", sagte der Coach noch und legte auf.

Urlaub sollte ich machen. Urlaub wovon? Von diesem wochenlangen Nichtstun, in dem das Fotografieren mit der Drohne wenigstens eine kleine Abwechslung war? Ach ja, ich war nach Campinas gereist, um Bodo nicht zu sehen. Und was tat ich dort? Wieder einmal nichts.

Die Tante stand in der Verandatür und sah zu mir hinüber.

„Wie wäre es mit einem Kaffee?", fragte sie, als ich ihren Blick erwiderte.

„Eine gute Idee", ich lächelte sie an und wurde einige Minuten später mit einem dampfenden Kaffee und einem Schüsselchen voll mit selbstgebackenen Plätzchen belohnt.

„Nach deutschem Rezept. Es ist das erste Mal, dass ich so etwas gebacken habe. Hoffentlich schmeckt es Ihnen."

Ich war gerührt und schämte mich wieder einmal, weil ich der alten Dame so wenig zu bieten hatte. Die Plätzchen erinnerten mich an Weihnachten, aber an Weihnachten selbst erinnerte ich mich kaum noch. Klar, das Datum war jedes Jahr auch auf meinem Kalender. Aber wie will man in Angola oder Mozambique deutsche Weihnachten feiern? Hin und wieder sah man in einem Kaufhaus einen Weihnachtsmann, aber die vielen farbigen, blinkenden Lichter ließen eher an eine Diskothek denken als an die Geburt von Gottes Sohn.

„Und?", fragte sie, als sie das leere Schüsselchen und die Tasse abräumte.

„Wie Weihnachten", sagte ich, „typisch deutsch."

„Da bin ich aber froh! Wenn Sie wollen, mache ich morgen wieder welche."

„So etwas gibt es in Deutschland nur zu Weihnachten. Wenn ich dann noch hier bin, können Sie ruhig noch einmal solche Plätzchen machen."

Sie war sichtlich gerührt.

„Das mache ich." Und verschwand mit dem Geschirr in der Küche.

Es waren noch vier Monate bis Weihnachten. Ich musste irgendetwas tun.

Isabella war wieder abgereist. Ihre plötzliche Abwesenheit nach ihrem ebenso plötzlichen Auftauchen trug nicht gerade zur Verbesserung meiner Stimmung bei. Sie hatte mir gestern eine Nachricht geschickt. „Bin schon am Flughafen. Tausend Küsse!" Irgendwie schienen zwei Zeiten meine Seele zu teilen. Die eine Zeit war die der Gefühlsexplosionen Isabellas, die mit einer Geschwindigkeit über mich hereinbrachen, dass ich kaum mithalten konnte. Körperlich schon, das war keine Frage, aber meine Seele hinkte unbeholfen in großem Abstand hinterher. Die Langsamkeit meiner Gefühle machte diese fast inexistent. Es war wie die Bewegung des Mondes, die man nur sieht, wenn man in großen Abständen in den Nachthimmel blickt. „Guter Mond, du stehst so stille!" Der Mond stand still und es war mir, als ob nur ich es wüsste.

„Gerade war der Mann wieder da", sagte die Tante, als ich von einer Runde durchs Viertel zurückkehrte.

„Welcher Mann?" Seit Bodo abgeflogen war, fühlte ich mich sicher vor ungebetenem Besuch und die Tatsache, dass auch Isabella nicht mehr da war, machte mich gänzlich unbesorgt in Bezug auf plötzlich auftauchende Männer. Doch jetzt erinnerte ich mich und es war klar: Dieser Mann war nicht Bodo und das Motiv seiner Suche nach mir war keine Kränkung oder Eifersucht.

„War es der, der schon einmal hier war? Hat er irgendetwas gefragt?"

Die Tante reichte mir eine Visitenkarte. „Sie sollen ihn anrufen, hat er gesagt."

Ich sah mir die Karte an. In dicken Lettern stand darauf GLOBO, das war eine hiesige Fernsehgesellschaft, die große Teile des Medienmarkts dominierte. Gleich unter dem Firmensiegel las ich: Pedro Santos, Reporter. Klar, und die besagte Telefonnummer, die ich anrufen sollte.

„Ich habe ihm die Zimmer gezeigt. Er sagte, dass er manchmal in Atibaia sei und vielleicht ein Zimmer bräuchte."

Ehrlich gesagt war ich erleichtert. Ein Reporter, sonst nichts. Vielleicht würde ich sogar anrufen, nur um zu wissen, was er wollte. Morgen, heute nicht.

Kaum hatte ich mich in mein Zimmer zurückgezogen, brummte das Handy und der Coach sprach in mein Ohr, leiser als sonst, wie es mir schien.

„Es ist besser, Sie reisen ab. Unverzüglich. Es gibt Arbeit für Sie."

Ich erlaubte mir zu scherzen. „Ich habe Ferien."

Doch der Coach war nicht zum Spaßen aufgelegt.

„Vergessen Sie das. Fahren Sie morgen früh nach Aracaju. Mit dem Bus. Einzelheiten sage ich Ihnen, wenn Sie da sind. Sagen wir in drei Tagen."

Und schon hatte er aufgelegt und ich war allein mit dieser unvermuteten Neuigkeit. Unglücklich war ich darüber nicht. Die großzügig gewährten Ferien wären eine Verlängerung der Untätigkeit gewesen, die mir eh schon unerträglich wurde. Ich suchte bei Google Maps, wo Aracaju genau lag, um mir dann einige Seiten mit touristischen Informationen über die Hauptstadt des kleinsten Bundesstaates im weit entfernten Nordosten Brasiliens anzusehen. Aracaju in Sergipe war mein Ziel, morgen schon.

Mit dem Bus sollte ich fahren. Ich fragte mich, warum, kaufte aber gehorsam mein Ticket. Vielleicht ging es darum, diesen Reporter abzuhängen oder vielleicht war es einfach billiger. Der BND musste seine Gründe haben. In Wahrheit war mein Hauptproblem die Tante. Da der Bus, ein Zubringer, der mich zum Nachtbus in São Paulo bringen sollte, erst am Nachmittag startete, war ich ihren Blicken und schweigenden Vorwürfen schutzlos ausgesetzt. Sie tat mir leid. Aber was sollte ich tun? Das Mittagessen, noch üppiger als sonst, lag schon hinter mir, das Köfferchen wartete darauf, geschlossen zu werden. Es fehlte nur noch das weiße Oberhemd, das die Tante mit Hingabe bügelte.

„Passen Sie gut auf sich auf", sagte sie, ohne den Kopf zu heben.

Froh, dass sie endlich den Mund aufmachte, versicherte ich ihr, dass tausende vor mir diese Reise mit dem Bus schon gemacht hätten und ich ihr in spätestens drei Tagen Nachricht gäbe.

„Das wollen Sie tun?" Sie knöpfte das Hemd zu und faltete es nach den Regeln alter Schule sorgfältig zusammen.

Nachdem sie mir zwei weitere Tassen Kaffee serviert und einen Beutel mit Gebäck in die Hand gedrückt hatte, zog ich endlich los. Den Karton mit der Drohne ließ ich unter dem Bett.

Mehr als zweitausend Kilometer Straße lagen vor mir. Gut, Brasilien war nicht Afrika, aber dieses Gefühl, das ich von dorther kannte, erfüllte mich. Das Gefühl ins Offene zu fahren, in eine unermessliche Weite, allein, nur mit dem Himmel über mir und ganz auf mich selbst gestellt.

Schon kurz vor São Paulo war der Beutel mit den Plätzchen fast leer. Ich beschloss, den Rest für später aufzubewahren und stopfte ihn in eine freie Ecke meines Rollkoffers. Mit wenigstens einer freien Hand fühlte ich mich wohler, galt es doch, in dem Gedränge während des Umsteigens mein Gepäck und vor allen Dingen meine Hosentaschen zu verteidigen, in denen Geldbörse und Handy verstaut waren.

Meine Mitreisenden waren bis auf ein paar Kinder, die schon in den Bus geklettert waren, damit beschäftigt ihre Sachen in die riesigen Fächer im Bauch des Fernbusses zu packen, die nur von außen zugängig waren. Der Beifahrer schwitzte, der Fahrer stand rauchend daneben und gab Ratschläge, wie denn dieses oder jenes unförmige Gepäckstück besser unterzubringen wäre.

Ich hoffte, dass sich niemand neben mich setzte. Eine Hoffnung, die sich leider als Illusion erwies. So war ich bald der Nebenmann eines nach billigem Desodorant riechenden Passagiers, der mich fragte, ob ich denn auch nach Aracaju wolle. Mir schwante Böses. Mehr als dreißig Stunden neben einer Plaudertasche zu sitzen, wäre ein Horror. Und in der Tat, kaum war der Bus angefahren, fragte er mich nach allem, was ein gewöhnliches Leben so zu bieten hatte. Kinder? Geschieden? Verheiratet? Wo geboren? Und so weiter und so weiter. Dabei bestand er zu meinem Glück nicht auf Antworten meinerseits, sondern nahm seine Fragen stets zum Anlass, um Fakten aus seinem eigenen Leben auf das Ausführlichste auszubreiten.

Als er sich anschickte aufzustehen, um die Toilettenkabine im hinteren Teil des Busses aufzusuchen, sah ich meine Chance gekommen. Kaum hatte er mir den Rücken zugewandt, floh ich nach vorne, wo ich eine freie Sitzbank erspäht hatte. Auf dem anderen der beiden freien Plätze hatte jemand einen Karton verstaut, der wohl nicht mehr in das Gepäckabteil gepasst hatte.

So schaukelte ich durch die Nacht, schlief bald ein, träumte von einem Flug auf dem Rücken eines Schwanes, der die ganze Zeit Pedro und Arthur krächzte, bis ich plötzlich erwachte, weil das

141

Schaukeln aufgehört hatte. Benommen trank ich am Tresen irgendeines Fernfahrerrestaurants einen Kaffee, kletterte wieder in den Bus, konnte nicht schlafen und dachte jetzt an dieses und jenes. Warum hatte ich auch um zwei Uhr nachts einen Kaffee getrunken?

Der Karton neben mir eignete sich denkbar schlecht als Kopfstütze. Zum einen war er dafür zu niedrig, zum anderen bohrte sich seine scharfe Kante in meine Seite, sobald ich mich Halt suchend anlehnte. Wohl drei Stunden kämpfte ich um eine einigermaßen komfortable Position. Es wurde schon hell, als der Bus erneut hielt. Dieses Mal stiegen fast alle Passagiere aus, machten eine improvisierte Morgenhygiene auf den nach penetrantem Desinfektionsmittel riechenden Toiletten und bestellten sich Milchkaffee mit Weißbrot und Rührei. Wir waren irgendwo in Minas Gerais.

Was Isabella jetzt wohl machte? Sie war nach Berlin zurückgekehrt und aß jetzt bestimmt in der Kantine des Ministeriums zu Mittag. Fünf Stunden hatte sie mir voraus. Als ich im Bus saß und nicht schlafen konnte, rechnete ich nach. Sie war gerade unter der Dusche, sie trocknete sich ab, sie cremte sich ein, sie verweilte kurz in einer feinen Sprühwolke ihres Parfüms. Dann aß sie noch im Stehen eine Scheibe Toastbrot, trank einen Orangensaft, wischte sich über den Mund und warf jetzt die Haare in den Nacken, bevor sie ihren sündhaft roten Lippenstift auflegte.

Lange Busfahrten sind wie eine langsam in dich eindringende Droge. Schon nach einigen Stunden bist du nicht mehr Herr deiner Gedanken. Dein Körper wird unaufhaltsam, obwohl bisweilen ruckartig aufgehalten, nach vorne gezogen. Während deine Gefühle noch an den Bäumen hängen, die im Morgenlicht lange, erfrischende Schatten werfen, transportiert dich diese vollgepackte Maschine durch eine Ebene, in der du vergeblich einen Baum suchst. Bald weißt du weder die Uhrzeit, noch ob du schon einen oder drei Tage unterwegs bist. Wie viele Male hatte ich schon Milchkaffee mit Rührei bestellt? Wie spät war es jetzt in Berlin?

Irgendwann waren wir in Aracaju. Ich nahm unbesehen, was sonst nicht meine Art war, das erstbeste Taxi und ließ mich an die Strandpromenade fahren. In der Nähe des Busbahnhofs selbst waren keine Hotels, nur einige Absteigen, die offenbar einer ebenso heruntergekommenen Prostitution ihre prekäre Infrastruktur zur Verfügung stellten. Wir durchkreuzten die zu dieser frühen Stunde noch menschenleere Innenstadt, die wohl schon einmal bessere Tage gesehen hatte. Der Taxifahrer machte einen Umweg, um den Fahrpreis zu erhöhen, aber mir sollte es nur recht sein, denn so verließen wir rasch diese hässliche Gegend. Bald fuhr er den Rio Sergipe entlang, über die ehemalige Prachtstraße Aracajus mit Blick auf das Wasser, heute noch gesäumt von riesigen Villen, in denen aber niemand mehr zu wohnen schien. Auf der anderen Seite des Flusses, er mochte hier in seinem

Mündungsgebiet wohl tausend Meter breit sein, lag ein riesiges Frachtschiff, das, wie man mir später sagte, eigentlich abgewrackt werden sollte, aber wegen einer Sandbank, die sich im Laufe der Zeit um es herum gebildet hatte, nicht mehr von der Stelle zu bewegen sei. DANTAS stand auf der Bordwand, in haushohen, von Roststreifen durchfurchten Lettern.

„Rechts ist die Kathedrale", sagte der Taxifahrer, als ob er meinen Blick von dem sterbenden Stahlungetüm ablenken wolle. Ich blickte nach rechts, sah aber nur einen Platz vorbeihuschen. Ebenso entging mir der Anlegesteg zur Linken über den der brasilianische Kaiser Pedro II., so versicherte mir der jetzt zum Touristenführer avancierte Fahrer, erstmals Aracaju betreten habe. Noch benommen von der Busfahrt verzichtete ich auf weitere Kopfdrehungen und ließ den Fahrer reden, bis wir vor dem Hotel standen.

Erst am Abend ging ich wieder vor die Tür. Tagsüber hatte ich auf dem Bett gelegen, war hin und wieder eingenickt und schließlich, als der Schatten meines Hotels die gegenüberliegende Uferpromenade erreichte, aufgestanden. Ja, da war auch noch der Anruf des Coaches, wie ich mich jetzt besann. Morgen, am Sonntag, sollte ich an einer Demonstration teilnehmen, die Regierungsgegner auf dem Platz der Kathedrale veranstalten wollten. Just auf jenem Platz, an dem ich morgens vorbeigefahren war. Aber noch war Samstag und nach einem ausgiebigen Duschbad war ich wieder einsatzfähig, um die Bars am Strand zu erkunden.

Trotz eines mittelschweren Katers war ich am Sonntag einer der ersten, die sich auf dem Platz der Kathedrale einfanden, um zu protestieren. Ich hatte das gelbe Hemd der brasilianischen Nationalmannschaft übergestreift, um mir einen landestypischen Touch zu geben, besser gesagt, um nicht aufzufallen. Das tat ich aber unter den zunächst anwesenden und dann immer mehr eintreffenden Rothemden dann doch. Einige beäugten mich, andere tuschelten mit den Nachbarn, feindselige Blicke in meine Richtung werfend. Ich entfernte mich von den riesigen Lautsprecherwagen, vor denen sich immer mehr Rothemden postierten und ging in Richtung Kathedrale, wo ich einige Grüppchen in weißen T-Shirts gesichtet hatte, vermischt mit Protestlern, die ebenfalls ein gelbes Hemd trugen. Hier war ich einer unter anderen, ein Fan Brasiliens.

„Die Roten sind schon da. Sie sind früher gekommen, um unseren Protest zu manipulieren", sagte ein junger Mann, der mich wohl für einen der ihren hielt. „Ohne Partei!", stand auf einem Stück Karton, das er hin und wieder über seinen Kopf hielt, wohl um Gleichgesinnte herbeizurufen. Die kamen dann auch bald und von allen Seiten.

Die Rothemden von der Arbeiterpartei, welche am Anfang in der Mehrheit waren und sich strategisch vor insgesamt vier Lautsprecherwagen aufgestellt hatten, waren zu einem kleinen Häufchen geworden. Sie schwenkten Fahnen mit den Namen ihrer Organisationen und versuchten, die parteilosen Protestanten in ihren gelben und weißen Hemden zu animieren, in ihre Sprechchöre einzufallen. Aber die Masse schwieg. Nur die Lautsprecherwagen dröhnten die Parolen der Einpeitscher über den Platz, der nun mit Menschen gefüllt war.

„Wir gehen jetzt los!", brüllte ein dicker Mann auf dem Lautsprecherwagen, der sich schon mehrmals als Gewerkschaftler geoutet hatte und wohl unter seinesgleichen eine Führungsposition innehatte. Auf sein Geheiß setzte sich der erste Wagen in Bewegung, gefolgt von einigen hektisch ihre Fahnen schwingenden Rothemden. Ich fragte mich, ob ich mitgehen sollte, war doch meine Aufgabe, dem Coach von dieser Demonstration zu berichten. Aber ich zögerte, diese wilden Gesellen an der Spitze des Zuges waren mir nicht ganz geheuer. Aber zu meiner Überraschung zögerte nicht nur ich, sondern alle, die sich auf dem Platz versammelt hatten. Es mochten mittlerweile zwanzigtausend Menschen geworden sein.

Der zweite Lastwagen, größer als der erste und vom Typ, den man normalerweise beim Straßenkarneval verwendet, folgte dem fahnenschwingenden roten Häufchen, ohne noch eine nennenswerte Menge nach sich zu ziehen. Der dritte Wagen fuhr nur an, stockte dann aber. Offenbar hatten die Organisatoren des Umzugs bemerkt, dass die Masse unbeweglich auf dem Platz verharrte.

Mittlerweile war ich auf den Sockel eines Denkmals in der Mitte des Platzes gestiegen, um besser sehen zu können. In der Nähe des vierten Lautsprecherwagens war Bewegung zu beobachten. Jetzt sah ich es genau: Einige Gelbhemden versuchten, den letzten Wagen zu entern, wurden aber von Ordnern davon abgehalten. Andere Protestler, offenbar Regierungsgegner, hatten sich vor ihm aufgebaut und hinderten ihn daran, abzufahren. Schließlich sah man zwischen den Rothemden oben auf der Bühne einen jungen Mann im weißen Hemd, der ein Schild mit der Aufschrift „Ohne Partei!" in den Himmel reckte. Es war derselbe, der mich kurz zuvor angesprochen hatte. Ein Teil der Menge auf dem Platz hatte die letzten Ereignisse mitbekommen und jubelte. Wohl eingeschüchtert durch die nun aus ihrer Erstarrung erwachende Menschenmenge machten die Organisatoren einen Fehler: Sie gaben dem jungen Mann im weißen Hemd das Mikrofon.

Was jetzt geschah, trieb mir eine Gänsehaut über den Rücken, auch noch, als ich am nächsten Tag dem Coach von meinem Erlebnis erzählte. Der Mann sprach laut und vernehmlich, dass man nicht gekommen sei, um hinter den Lautsprecherwagen der Arbeiterpartei herzulaufen, einer korrupten Partei, die ja schließlich seit über einem Jahrzehnt an der Regierung sei. „Ohne Partei!", rief er über den Platz. „Ohne Partei!", antwortete die Menge. Das Mikrofon begann zu piepen und versagte bald seinen Dienst. Hatte es jemand abgestellt? Doch der junge Mann war noch auf dem Wagen, fuchtelte mit den Armen und wies in Richtung

Flusspromenade. „Ohne Partei! Ohne Partei! Ohne Partei!" Die Menge hatte ihren Schlachtruf gefunden und setzte sich in Bewegung. Genau in die entgegengesetzte Richtung, in welche die Lautsprecherwagen der rote Fahnen schwingenden Arbeiterpartei verschwunden waren. Es musste wohl das erste Mal seit dem Ende der Militärdiktatur vor dreißig Jahren gewesen sein, dass die Arbeiterpartei und ihre befreundeten Organisationen die Kontrolle über eine Massenbewegung verloren hatten.

Der Coach war sichtlich zufrieden von meiner Ausbeute an Selfies, die zwar immer mein errötetes Gesicht im Vordergrund zeigten, dafür aber im Hintergrund, die Parolen der Demonstration der Gelbhemden. Diese waren zumeist laienhaft mit Filzstift auf Kartons gemalt, in der Art, wie ich sie vorher auf dem Platz gesehen hatte. Man merkte der Sache ihren improvisierten Charakter an, denn die Leute riefen alles Mögliche durcheinander. „Ohne Partei!" war wohl die häufigste Parole. Aber auch „Weg mit den Korrupten!", „Weg mit Dilma!" „Weg mit Lula!" oder „Weg mit der PT!" war zu hören. Andere forderten die Senkung der Fahrpreise im Nahverkehr, andere riefen einfach „*Brasil! Brasil!*"

Ich hatte eine Liste dieser Sprechchöre gemacht, was deutlich zeigte, dass außer einer allgemeinen Abneigung gegen die Arbeiterpartei PT, kein einheitliches Ziel auszumachen war. Ich versuchte, etwas Ordnung in dieses Chaos zu bringen, ließ ich es dann aber der Wahrheit zuliebe bleiben. Auch diese dann von mir abfotografierte und abgeschickte Liste nahm der Coach mit Genugtuung entgegen.

„Ich hatte mir das schon gedacht", sagte er, „aber hier will das ja keiner hören. Jetzt haben wir es."

„Bleiben Sie am Ball!", sagte er noch, „gelb steht Ihnen gut."

In den nächsten Tagen saß ich meistens untätig am Rande des Swimming-Pools meines Hotels. Zu beiden Seiten des rechteckigen Wasserbeckens sorgten mit trockenen Palmwedeln gedeckte Dächer für Schatten. Meine wenigen Bewegungen reduzierten sich auf einen durch den Sonnenstand bedingten Positionswechsel. Morgens saß ich mit dem Rücken zur Fensterfront des Restaurants, nachmittags, wenn die Sonnenstrahlen bis in den hintersten Winkel meines Unterstands drangen, setze ich mich auf die andere Seite. Als am dritten Tag eine fast unerträgliche Langeweile einsetzte, begann ich, in den hiesigen Zeitungen und Illustrierten zu blättern, die auf einem Tischchen ausgelegt waren.

Das in der Sonne gedörrte Papier erinnerte mich an den Geruch, welcher in einer feinen Rauchfahne aufstieg, als ich als Kind meine Lupe statt auf meine Briefmarkensammlung auf unsere Lokalzeitung richtete. Hier, in diesem Augenblick hätte es nicht Minuten, sondern nur wenige Sekunden gebraucht, um das spröde Papier zu entzünden.

Eigentlich war ich an nichts interessiert, wovon diese tagealten und schon zerlesenen Blätter berichteten, doch plötzlich durchfuhr es mich. Auf der ersten Seite der größten Tageszeitung von São Paulo war ein Foto, das mich nach meinem Handy tasten ließ. Es war noch da und gab, als ich es berührte, einen brummenden Laut von sich, so als ob es mich begrüßen wollte.

Vor mir befand sich eines der Fotos, das ich mit der Drohne geschossen hatte. Es zeigte den See mit den beiden Tretbooten und in einer vergrößerten Teilansicht sah man die beiden Schwäne Pedro und Arthur vor sich hinschaukeln. Jetzt erst erfuhr ich, was ich da fotografiert hatte! Pedro und Arthur waren die beiden Enkel des ehemaligen Präsidenten Lula, dem in dem Artikel vorgeworfen wurde, diesen Landsitz als Gegenleistung für Gefälligkeiten während seiner Amtszeit erhalten zu haben. Es handelte sich um staatliche Bauaufträge an millionenschwere Hoch- und Tiefbaufirmen wie Odebrecht und andere. Namen tauchten auf, die ich nie zuvor gehört hatte, aber auch einige bekanntere, darunter etliche aus der Arbeiterpartei.

Ich faltete die Zeitung vorsichtig zusammen und legte sie mit dem Foto nach unten zurück auf das Tischchen. Irgendwie fühlte ich mich ertappt. Eine tropische Badenixe, die mir in den letzten Tagen am Rand des Swimmingpools Gesellschaft geleistet hatte, lag auf einer Luftmatratze, die seit geraumer Zeit kaum merklich in meine Richtung trieb. Bald würde sie an meiner Seite anlegen und sagen, was sie auch gestern gesagt hatte: „Jetzt brauche ich aber Schatten!" Doch bevor es dazu kam, flüchtete ich auf mein Zimmer.

Jetzt war ich es, der den Coach sprechen musste. In was für eine Situation hatte er mich gebracht! Nachdem ich die Klimaanlage angeschaltet und ein Glas kaltes Wasser getrunken hatte, atmete ich tief durch und drückte auf seine Nummer. Ich versuchte, eine Verbindung herzustellen, doch nach mehrmaliger Wiederholung des Signals, wurde ich stets auf seine Postbox verwiesen. „Geduld", sagte ich mir.

Auch am nächsten Morgen nahm er meinen Anruf nicht entgegen und am Nachmittag begann ein beständiges Besetztzeichen mir die Hoffnung zu nehmen, dass ich über diese Nummer mit Berlin sprechen könne. Was tun?

„Machen Sie weiter", hatte er gesagt, aber womit? Am Abend testete ich meine Kreditkarte, so weit war mein Misstrauen schon angewachsen. Aber sie funktionierte noch. Zur Sicherheit hob ich so viel Bargeld ab, wie der Bankautomat es zuließ. Eine Operation, die ich am nächsten Tag wiederholte. Bargeld konnte nie schaden.

„Ihre Arbeit in Brasilien ist beendet. Kommen Sie umgehend nach Berlin."

Eine Stimme, die ich keinem bekannten Gesicht zuordnen konnte, hatte diese Botschaft in der Nacht auf mein Handy gesprochen. Eine bürokratische, Gehorsam heischende Stimme. Aber wie konnte ich sicher sein, dass es tatsächlich der BND war? Ich wartete. Wenn sie etwas von mir wollten, würden sie sich schon melden.

Da ich ohnehin nicht die geringste Lust verspürte, mich in ein Flugzeug zu setzen und nach Deutschland zu fliegen, kehrte ich zu meiner Routine am Swimmingpool zurück, die vom Lauf der Sonne und von den langsam doch unaufhaltsam die Seite wechselnden Schatten diktiert war. Morgens saß ich unter dem Vordach im Osten, nachmittags unter einem der palmblätterbedeckten Sonnendächer im Westen, wo dann irgendwann die Badenixe anlegte.

Ich mochte wohl drei oder vier Tage so vor mich hingelebt haben. Tage, die von Nächten unterbrochen wurden, in denen eine sanfte Brise vom Meer herkommend durch das geöffnete Fenster über die Bettlaken fuhr, als es mich wie ein Blitzschlag traf.

„Der Heilige Franziskus!"

Ich hatte es gedacht, aber musste es wohl geschrien haben, denn die Badenixe zog sich erschreckt das Kopfkissen vor die Brust. Ich hatte meinen USB-Stick mit den Fotos vom Landsitz, den ich in der hohlen Heiligenfigur versteckt hatte, in Atibaia vergessen.

„Er ist hingefallen und zerbrochen. Der Mann, der nach Ihnen das Zimmer gemietet hat, hat mir noch beim Scherbenaufsammeln geholfen. Wann kommen Sie wieder?"

Mit diesen Worten bestätigte die Tante meine schlimmsten Befürchtungen, als ich sie am nächsten Morgen anrief. Es konnte nur dieser Mann gewesen sein, dem sie das Zimmer vermietet hatte. Deswegen hatte Berlin meine Mission abgebrochen. Sie glaubten wohl, dass ich es war, der das Foto mit den Schwänen in die Presse gebracht hatte. Jetzt war es zu spät. Die Geschichte mit dem zerbrochenen Franziskus würde mir niemand abnehmen. Aber was blieb mir anderes übrig, als zu versuchen, sie von meiner Unschuld zu überzeugen? Noch länger zu warten, machte mich sicherlich nicht glaubwürdiger.

So saß ich also drei Tage später, die Badenixe betrübt zurücklassend, im Zubringer nach Salvador da Bahia, der mich nach Frankfurt bringen sollte. Einen Direktflug nach Berlin gab es nicht. Aber mir sollte es nur recht sein, hatte ich doch so einige Stunden Zeit mich zu akklimatisieren und mich auf das Verhör einzustellen. Denn das erwartete ich, ein Verhör.

Aus den Stunden wurden Tage. Mein Telefonat, mit dem ich mich in Berlin zurückmeldete, wurde zwar angenommen, aber die bürokratische Stimme bat mich, nicht persönlich im Ministerium zu erscheinen, sondern nähere Weisungen abzuwarten.

„Ich bin wieder in Deutschland", dachte ich, verdonnert zu abwartender Passivität und Befehlsempfänger einer anonymen Gewalt, die mich nach ihrem Gutdünken warten ließ.

„U-Bahn, Wilmersdorfer Platz, heute, 15 Uhr, Coach", las ich schließlich auf dem Messenger meines Handys.

Den Coach gab es also noch. Ich war beinahe erleichtert, einen persönlichen Kontakt erwarten zu dürfen. Oder bedeutete das Treffen weit entfernt vom Ministerium, dass sie mich schon aufgegeben hatten?

„Kommen Sie", sagte der Coach, der behände aus der U-Bahn gesprungen war, „gehen wir nach oben." Oben, also auf dem Wilmersdorfer Platz, warf die Sonne einige schwache Strahlen auf die Weinstände, die zu Füßen des Denkmals aufgebaut waren. An langen Tischen saßen alte Leute, die sich aus mitgebrachten Körben verpflegten und dazu Wein tranken.

„Hier können wir ungestört reden, die sind alle taub."

Bald stand eine Flasche Weißwein zwischen uns und der Coach sah mich offen an. Sein Gesichtsausdruck vermittelte keinerlei Anklage oder gar Bedrohung. Jetzt lächelte er sogar.

„Sie sind ja ein Draufgänger!"

Ich wusste nicht, was er damit sagen wollte, und lächelte ebenfalls.

„Isabella hat mir einiges erzählt."

Mir stockte der Atem.

„Mit der Drohne das Landhaus von Lula fotografieren, alle Achtung! Hatten Sie keine Angst vor den Bodyguards? Unser erster Versuch ist an denen gescheitert. Dem Mann haben Sie die Nackenwirbel verrenkt, er macht immer noch Physiotherapie."

„Ich habe nur gemacht, was Sie mir aufgetragen hatten."

Jetzt lachte der Coach laut los. „Genau!"

„Vielleicht hatte ich einfach nur Glück", fügte ich hinzu und nippte am Wein.

Der Coach sah mich an, so als ob er für eine Weile nicht wusste, was er von mir halten sollte, und nahm ebenfalls einen Schluck Wein. In Wahrheit nahm er nicht nur einen Schluck, sondern trank das Glas in einem Zug aus.

„Glück, so, so. Ja, das gehört dazu. Ich bin auch nur im Innendienst, weil ich keins hatte. Iran, drei Monate Verhöre. Jetzt schlafe ich nur noch mit Rivotril."

Jetzt war es an mir, den Coach nachdenklich anzusehen. Offensichtlich war dieser scheinbar so hartgesottene Bursche auch nur ein Mann aus Fleisch und Blut.

Doch statt weiter in Persönliches einzudringen, ging ich schnurstracks zu dem Thema über, das mich beschäftigte.

„Tut mir leid, das mit dem USB-Stick, ich habe ihn schlichtweg vergessen."

Der Coach sah mich fragend an.

„USB-Stick? Wir arbeiten nicht mit USB-Sticks. Bei uns ist alles in der Wolke, kryptographiert, versteht sich."

„Ich weiß", sagte ich, „das war ja mein Fehler. Ich habe die Archive kopiert und versteckt, aber sie sind gestohlen worden. Nur so konnte das Foto in die Presse kommen."

„Das mit den Schwänen Pedro und Arthur?"

„Genau. Das mit den Tretbooten."

Der Coach hob sein Glas, nahm noch einen Schluck Wein und beugte sich zu mir herüber.

„Ich weiß nicht, wovon Sie reden. Das waren wir. Ein Torpedo, um den Linken eins auszuwischen. Hat auch voll gesessen."

Jetzt war es an mir, mein Glas zu leeren. Ein Schwindel der Erleichterung erfasste mich und ich lächelte den Coach, der sich wieder zurückgelehnt hatte, weinselig an.

„Aber Sie hätten mit Ihrem Nachfolger ruhig mal reden sollen. Der Mann hat Sie verzweifelt gesucht."

Der Mann, den ich zuerst für Bodo und dann für einen diebischen Journalisten gehalten hatte, war also ebenfalls ein Agent vom BND. Ein

Arbeitskollege, aber Nachfolger? Das konnte nur heißen, dass ich meinen Job los war. Ich fragte nach.

„Ach was", sagte der Coach, „das hier ist nur ein strategischer Rückzug. Der ABIN, der brasilianische Geheimdienst, will natürlich wissen, wer die Fotos gemacht hat. Da haben wir Sie erstmal zurückgezogen."

„Und was soll ich jetzt machen?"

Plötzlich hatte es der Coach eilig.

„Angola, Mozambique, Brasilien, vielleicht auch Portugal. Die Welt ist bunt. Genießen Sie die Tage in Berlin. Isabella weiß, dass Sie hier sind."

Er kniff mir lächelnd ein Auge zu und verschwand Richtung U-Bahnhof Wilmersdorfer Platz.

So saß ich plötzlich allein zwischen murmelnden Alten, die in ihren Picknickkörben kramten und dazu Wein tranken. Ich hatte bereits zwei Gläschen inne und fühlte die Wirkung des Alkohols durch meinen Körper rieseln. Mein Kopf war aber völlig klar. Klarer als sonst, so schien es mir.

„Du musst dich entscheiden!", sagte eine Stimme in mir, die meine Lippen bewegte. Erschrocken hielt ich mir die Hand vor den Mund. Aber die Alten hatten nichts gehört. Taub waren sie, hatte der Coach gesagt, vielleicht stimmte es.

Tatsächlich war ich in den letzten Jahren durch die Weltgeschichte gezogen, ohne dass ich auch nur im Geringsten versucht hätte, den Lauf der Dinge zu beeinflussen. Irgendwann einmal, vor mehr als zwanzig Jahren, ja, da hatte ich eine Entscheidung getroffen. Nur weg aus Deutschland! Aber dass ich dann in Mozambique landete, war reiner Zufall. Sie boten mir eine gutbezahlte Stelle an, die gerade frei geworden war. Später erfuhr ich dann, dass mein Vorgänger sich erhängt hatte, aber das wusste ich damals noch nicht und es hätte, wenn ich es gewusst hätte, meine Entscheidung wohl auch kaum beeinflusst. Ich wollte damals nur weg, so wie ich auch jetzt wieder wegwollte.

Aber wollte ich das tatsächlich? Das war es, was ich mich fragte, und dass ich es mich fragte, beunruhigte mich. Ich musste mich entscheiden. Wollte ich weiterhin willenlos dorthin gehen, wo sie mich hinschickten, oder hatte ich einen Plan, eine Idee von dem, was ich wirklich machen wollte? Der Coach hatte neben Brasilien, Angola und Mozambique auch Portugal genannt. Klar, ich war für diese Portugiesisch sprechenden Länder geradezu prädestiniert und für solche in der Weltgegend, die sie unterentwickelt nannten, erst recht. Nein, unterentwickelt sagte man heutzutage nicht mehr, jetzt waren es Partner in der technischen Zusammenarbeit. So oder wenigstens so ähnlich hatte ich sie reden hören.

Ich bestellte mir noch einen Wein an einer dieser hölzernen Buden, die nur im Sommer für einige Wochen hier aufgebaut wurden. Da es offene Weine nicht gab, saß ich bald vor einer ganzen Flasche Rheingau und schenkte mir ein. Klar, ich würde nicht die ganze Flasche trinken, nur noch ein Glas, oder zwei.

Warum die Palette der Möglichkeiten nicht um ein Land erweitern? Deutschland. Es war das erste Mal, dass ich daran dachte, was es bedeuten würde, nach Deutschland zurückzukehren. Ich blickte auf die weißen Köpfe vor mir und stellte mir vor, einer von ihnen zu sein. Ein freundlicher Herr zuckelte mit seinem Rollator bis zum Pissoir an der Ecke des Platzes und verschwand in seinem Innern. Als er wieder herauskam, stand sein Hosenschlitz offen und eine dunkle Spur lief sein Hosenbein hinunter.

„Er hat sich die Hände gewaschen und nicht aufgepasst. Das passiert schon mal." Isabella schwang sich auf die Holzbank vor mir, wo noch vor Kurzem der Coach gesessen hatte. „Schön, dich zu sehen!"

Da hatte sie mich also wieder aufgestöbert. Es musste der Coach gewesen sein, der ihr meinen Aufenthaltsort zugesteckt hatte. Wie hätte sie mich sonst finden können?

Vielleicht war es der Wein, vielleicht war es diese flüsternde Gemeinschaft mitgebrachte Käsehäppchen verzehrender Senioren, ich war froh, das lachende Gesicht Isabellas vor mir zu haben.

„Na?", fragte sie neckisch, „willst du mir nichts anbieten?"

Nachdem ich unnötige Minuten hinter einer Dame gewartet hatte, die sich nicht für eine Weinkaste entscheiden konnte, ergatterte ich endlich ein zweites Glas und kehrte an den Tisch zurück. Isabella wischte sich über die Lippen.

„Durfte ich doch, oder? Ich habe einfach aus deinem Glas getrunken."

An den weiteren Verlauf unseres Treffens erinnere ich mich nur noch in Umrissen, irgendwann stiegen wir in ein Taxi. Wir waren wohl noch in der einen oder anderen Kneipe eingekehrt und landeten schließlich in ihrem Apartment. Ich sage „landeten", weil ich, als sich ihre Wohnungstür unvermutet öffnete, nach vorne schoss und der Länge nach auf den Teppich fiel. Neben mir stand Bodo, der die Tür von innen geöffnet hatte.

Jetzt war ich in meinem Hotel und versuchte, die Erinnerungsfetzen zusammenzusetzen, die durch mein von einem monumentalen Kater gemartertes Hirn waberten. Sie waren wieder zusammen, hatte Bodo gesagt. Er war froh, mich endlich einmal wiederzusehen. Isabella lächelte. Was war sonst noch passiert? Waren sie wirklich wieder zusammen? Er muss es mehrmals gesagt haben, denn ich erinnerte mich an verschiedene Versionen desselben Satzes. Sie waren glücklich. Sie wollten reisen. Mir hämmerte der Schädel. Es musste wohl wahr sein, über meine beiden Unterarme zog sich eine Schürfwunde als Beweis für die unsanfte Landung auf dem Kokosfaserteppich im Korridor.

Nein, Deutschland war nichts für mich. Hätte ich eine Liste mit den Namen der Länder gehabt, die der Coach mir gestern präsentiert hatte und die ich eigenwillig erweitert hatte, ich hätte einen roten Strich durch „Deutschland" gezogen.

Am späten Nachmittag war ich so weit wiederhergestellt, dass ich vor die Tür gehen konnte. An der nächsten Ecke setzte ich mich erschöpft auf einen Stuhl. Das Café, vor dem einige Tischchen auf dem Bürgersteig standen, hatte wohl noch nicht entschieden, ob es tatsächlich ein Café sein wollte, denn überall lagen gebrauchte Bücher herum, die man lesen, kaufen oder gegen andere alte Bücher tauschen konnte.

Niemand bediente mich, was ich zuerst entspannend, dann zunehmend unbefriedigend fand, denn ich brauchte eine Cola mit viel Eis. Dringend. Ich raffte mich auf und schleppte mich an die Theke.

„Cola haben wir nicht. Wir sind für gerechten Welthandel."

Mein Kopfschmerz war wiedergekommen. Gerechter Welthandel? Was hatte das denn mit meiner Cola zu tun? Ich musste wohl einen bemitleidenswerten Eindruck gemacht haben, zum einen wegen meines durch den Kopfschmerz verzerrten Gesichtes, aber wohl auch wegen meiner abgrundtiefen Unwissenheit. Der bärtige Barkeeper klappte das Buch zu, in dem er die ganze Zeit gelesen hatte und bot mir einen Holundertee an.

„Aber ohne Eis. Wegen der Kühlgase."

Irgendwas erzählte er noch von Strohhalmen, aber ich verstand immer weniger, denn meine Verfassung zwang mich, eine dunkle Ecke, gleich neben der Toilettentür, aufzusuchen. Bald saß ich vor einem Glas lauwarmem Holundertee mit Kandiszucker.

„Ohne Strohhalm. Wegen der Wale."

„Danke", sagte ich und spürte eine Handvoll Holunderblüten in mir aufsteigen. Ich stürzte hinaus. Vor dem Café erbrach ich mich.

Es war eine Zäsur, diese Sauftour mit Isabella, ohne Frage. Wenn der Coach mir eine Stelle in Deutschland angeboten hätte, ich hätte laut und vernehmlich „Nein!" gesagt. Sicherlich war meine Reaktion übertrieben. Was konnte Deutschland dafür, dass ich auf dem Kokosfaserteppich vor Bodos Füße gestürzt war? Aber alles zog sich auf diesen Punkt zusammen. Schluss aus, mir reichte es! Ich genoss dieses Verstocktsein wie ein bockiges kleines Kind, erfüllt von der Gewissheit, dass ich recht hatte.

Aber der Coach bot mir keine Stelle in Deutschland an. „Wie kommen Sie nur auf Deutschland?" Er fasste meinen Oberarm und zog mich zu dem Tischchen neben dem Zitronenbaum, genau dorthin, wo ich schon einmal mit Bodo gesessen hatte.

„Sie sind befördert worden." Ich war dergestalt von meiner Erinnerung an diesen Zitronenbaum gefangen, dass ich nichts zu sagen vermochte.

„Das ist es, was wir an Ihnen schätzen: ein Mann ohne große Worte, ein Mann der Tat."

„Befördert?"

„Ja, nichts Großes, aber eine Stufe höher. Sie haben drei Leute unter sich. In Brasilien, in Venezuela und einen in Kolumbien."

Wieder wusste ich nicht, was ich sagen sollte.

„Sie sind der Ansprechpartner der Kollegen vor Ort, werden die eingehenden Berichte auswerten und das Resultat weiterleiten."

„Schön", sagte ich, „wann geht es los?" Der Coach lachte und winkte den Kellner herbei.

„Mittwoch geht die Maschine nach Belém, ab Frankfurt, wie immer."

„Belém?" Ich kannte wohl die Stadt der Mangobäume, das heißt, ich wusste, wo sie lag, nämlich am südlichen Mündungsdelta des Amazonas. Trotz meines langjährigen Aufenthalts in Brasilien war ich aber noch nie dort gewesen. Meine Brunnenprojekte lagen alle im Nordosten, im Landesinnern, wo es manchmal jahrelang nicht regnete. Belém, das war Pará, das war das Einfallstor zu Amazonien, Wasser gab es hier genug. Vielleicht voller Bakterien und als

Trinkwasser nicht geeignet, aber es regnete hier fast täglich. Ja, Wasser gab es hier.

„Warum Belém?", wiederholte ich.

„Wegen Venezuela. Da sind Sie näher dran." Und schon verabschiedete sich der Coach von mir, nicht ohne mir einen Umschlag mit einem neuen Pass, dem Ticket und einer Kreditkarte zuzustecken.

„Das Handy haben Sie ja noch. Vernichten Sie Ihren alten Pass und auch den Chip. Vor dem Abflug bekommen Sie einen neuen. Ach ja, die alte Kreditkarte entwerten Sie natürlich auch."

Er wünschte mir viel Erfolg und verschwand hinter dem Zitronenbaum.

Ich hatte Glück gehabt, so schien es mir. Auch in meinem neuen Pass stand „Wassermann". Ich war der geblieben, der ich in Afrika geworden war. Ich legte eine viel zu große Banknote in das Körbchen mit der Rechnung und dachte ein letztes Mal an Isabella. Dann erhob ich mich, ohne die Gelegenheit zu verpassen, dem Zitronenbäumchen ein Blatt abzureißen. Der Kellner sah mir nach.

In Belém wurde ich gleich am ersten Abend ausgeraubt. Drei Halbwüchsige hatten mich unversehens umstellt, als ich aus der Bar kam und auf ein wartendes Taxi zugehen wollte. Einer von ihnen hob sein Hemd hoch und zeigte auf den Revolver, der hinter seinem Gürtel steckte.

„Los, dein Geld!", sagte der, der mir am nächsten stand.

Ich wusste, dass jeder Widerstand zwecklos war und auch jede Diskussion die drei nur unnötig nervös gemacht hätte. Gehorsam zog ich meine Geldbörse hervor, wonach der Kleinste von ihnen blitzschnell schnappte. Dann liefen sie weg. Ich sah noch, wie sie im Laufen die Scheine hervorgrapschten und die Geldbörse an der nächsten Ecke wegwarfen. Das war mein Glück, denn so hatte ich wenigstens meine Kreditkarte gerettet. Der Pass war Gott sei Dank im Hotel geblieben, ebenso das Handy.

Ich war nicht mehr in Deutschland, hatte aber nach der ermüdenden Flugreise noch nicht auf den „Dritte-Welt-Modus" umgeschaltet. Nur ein Depp, ein Tourist, konnte diesen Straßenjungen direkt in die Arme laufen. Im Hotel prüfte ich, ob mein Handy und mein Pass noch da waren. Ich hatte sie im Hartschalenkoffer eingeschlossen, wo sie sich auch noch befanden. Das Handy blinkte, offenbar hatte jemand versucht, mich zu erreichen.

Weiter im Süden Brasiliens, vor allem in Bundesstaaten wie São Paulo oder Santa Catarina, war die Straßenkriminalität weniger ausgeprägt. Es gab sie, aber die Statistiken sprachen für sich. Anzug und Krawatte tragende Kriminelle mochten der Gesellschaft einen großen Schaden zufügen, aber sie fuchtelten dir wenigstens nicht mit dem Revolver vor dem Gesicht herum. Ich beschloss, wachsamer zu sein. In Wahrheit hatte ich schon beschlossen, mir einen Revolver zuzulegen. In

Angola hatte ich einen, und auch in Mozambique nahm ich manches Mal an zeitvertreibenden Wettschießen teil: auf die leeren Bierdosen, die beim samstäglichen Grillen unweigerlich anfielen.

Von außen betrachtet hätte man sagen können, dass ich mit Isabella gespielt hatte. Ein Mann vergnügt sich mit einer Frau im Bett. Wenn es eine Abstimmung über solche Dinge geben würde, die Mehrheit hätte es bestimmt so gesehen und gegen mich gestimmt. Aber es war genau umgekehrt. Sie hatte mich benutzt und ich war darauf hereingefallen. Nicht dass ich unter ihren Liebkosungen und Schmeicheleien gelitten hätte, beileibe nicht. Aber es ärgerte mich im Nachhinein, dass ich auf ihre Avancen hereingefallen war. Wenn ich jetzt ihren langen Brief in Reichweite gehabt hätte, ich würde ihn zerreißen.

Und Bodo? An diesen mochte ich nun gar nicht denken! Scham hatte ich empfunden, mich als Verräter gefühlt. Dabei sollte dieser sich schämen! Mir mit solch einem infamen Vamp eine harmonische Ehe vorzuspielen!

Der Verkäufer legte verschiedene Modelle an Pistolen auf den Filzbelag, der einen Teil der Theke bedeckte, in der unter Glas noch andere Waffen ausgestellt waren.

„Haben Sie eine Erlaubnis der Bundespolizei?"

„Wie bitte?"

„Es ist nicht mehr wie früher. Heute braucht man eine Bescheinigung der Bundespolizei, wenn man eine Waffe kaufen will."

„Ein Papier", stellte ich fest, entschlossen mich dieses Mal nicht über den Tisch ziehen zu lassen.

„Ein Papier", stimmte mir der Verkäufer zu.

„Was kostet das?"

Jetzt kam der kleine Mann hinter der Vitrine in Fahrt.

„Das Doppelte, aber das dauert eine Woche."

„Und sofort?", entgegnete ich.

Der Verkäufer fragte sich wahrscheinlich, ob ich Eile hätte, die Waffe jemandem unter die Nase zu halten. Er beugte sich über die Theke: „Hier. Diese Taurus 38 ist komplett. Besitzurkunde, Waffenschein und polizeiliche Erlaubnis, sie auch am Körper zu tragen."

„Am Körper?" Ich stutzte ob dieser merkwürdigen Formulierung.

„Nur wenn Sie wollen. Es ist gut, wenn alles komplett ist. Da kann Ihnen keiner was."

„Richtig", sagte ich und nahm die Taurus in die Hand. Ein fast altmodisches Modell, ein Revolver, wie man ihn aus den Wildwestfilmen kennt, nur mit deutlich kürzerem Lauf.

„Das Doppelte, sagten Sie?"

Er grinste; „In diesem Falle das Dreifache, ist ja alles komplett und das in vierundzwanzig Stunden."

Ich trug meine persönlichen Daten in einen einseitigen Fragebogen ein, machte eine Anzahlung von fünfzig Prozent und sagte dem verdutzten Mann, dass ich ihn über den Haufen schießen würde, wenn ich die Waffe morgen nicht hätte.

„Selbstverständlich!", sagte er und nickte.

Ich wollte sagen, „das war nur ein Scherz", unterließ es dann aber und schlug stattdessen mit der flachen Hand auf die klirrende Glasvitrine.

„Bis morgen!"

Die *Bar do Parque* war ein Überbleibsel aus der *Belle Époque*, architektonisch gesehen. Nüchtern betrachtet war sie ein bis auf halbe Höhe in die Erde eingelassenes Pissoir. Das sah man auf den ersten Blick nicht, oder erst dann, wenn einen der Harndrang in die untere Etage trieb. Oben, also auf dem Dach dieses Pissoirs waren manierliche Tischchen mit gusseisernen Füssen aufgestellt, die zu der ebenfalls gusseisernen Brüstung passten, die dafür sorgte, dass niemand aus halber Höhe auf den Platz stürzte. Man musste, wenn man die einzige Treppe an der Stirnseite hinunterging, an einem Häuschen vorbei, das sich stilistisch vortrefflich in seine Umgebung einfügte. Es war nach allen Seiten hin offen, allerdings von einem umlaufenden Balkon umgeben und mochte wohl vier mal vier Meter messen. Der eine oder andere

Gast nahm hier, wie die Kavaliere zu Anfang des Jahrhunderts, einen Stehkaffee zu sich und wechselte mit dem Besitzer einige belanglose Worte.

Die eigentliche Funktion dieses Häuschens war heute jedoch, als Herberge für die Kühlschränke zu dienen, die das von Kellnern emsig auf die Terrasse getragene Bier auf eisigem Niveau hielten. Ich hatte vor zwei Tagen schon in der *Bar do Parque* gesessen und die Kontraste bestaunt, die hier aufeinandertrafen. Nicht nur, was das Publikum anging, sondern auch, was die steingewordene Umwelt betraf. Die *Bar do Parque* war, bis auf die Tünche ihrer Außenwände, ganz im Stile des *Teatro da Paz* gehalten, dem sie selbst wohl anfänglich als eine Art auswärtiger Aufenthaltsort zugedacht war. Hier traf man früher Freunde, die ebenfalls auf den Einlass zur Oper warteten oder sich gerne noch über das Gesehene und Gehörte bei einem kurzen Drink austauschten.

Auf der anderen Seite der von riesigen Mangobäumen beschatteten Avenida Presidente Vargas, streckte sich das Hotel Hilton in die Höhe. Vor Jahren war hier ein historischer Gebäudekomplex niedergemacht worden, um sich mit der Konstruktion dieses damals supermodernen Hotels auf den von Entwicklungsplanern prognostizierten Touristenansturm vorzubereiten. Der blieb aus, aber das Hotel ragte seitdem in den Himmel, direkt dem Theater gegenüber, und versorgte trotz nur mäßiger Belegung die *Bar do Parque* mit Kundschaft.

In der Ecke hatte sich eine junge Frau vor einem Mann aufgebaut, den ich zuvor im Hilton gesehen hatte.

„Der Gringo will nicht bezahlen!", hatte sie dem Kellner zugerufen, der eilig mit einem Tablett leerer Flaschen die Treppe hinunterlief. Die aufgebrachte junge Dame war offenbar eine der Prostituierten, die regelmäßig die *Bar do Parque* frequentierten. Ich sah mir das Schauspiel an. Der Mann, gut gekleidet und gut erzogen, war der Frau offenbar nicht gewachsen. Diese nutzte ihre rhetorische Überlegenheit – die schlichtweg darin bestand, dass sie die Landessprache beherrschte und er nicht – schamlos aus. Sie warf ihm lautstark vor, dass er ihre nächtlichen Dienste nicht bezahlt hätte, die sie begann, in Einzelheiten zu beschreiben. Der Mann wurde nervös, schließlich zog er einen Dollarschein heraus und gab ihn ihr. Doch die Dame der Nacht gab nicht auf. Dafür, dass es ihm so gut gefallen habe, sei dies zu wenig. Schon streckte sie die Hand erneut aus und erhöhte die Lautstärke ihrer Anklagen, die mittlerweile die Aufmerksamkeit aller Anwesenden auf sich gezogen hatten. Der Gringo, in der verständlichen Absicht, den Schreihals loszuwerden, gab ihr mit rotem Kopf noch einen Schein, von deutlich höherem Wert als der erste, denn endlich gab sich die Frau zufrieden und hüpfte die Treppe hinunter.

Später traf ich den geschröpften Geschlechtsgenossen am Tresen der Hotelbar. Er war Amerikaner und versicherte mir, dass er die aufgebrachte Dame vorher noch nie gesehen habe. Sie sei einfach an seinen Tisch gekommen und habe mit der Schreierei angefangen, von der er übrigens nur verstanden habe, dass sie Geld haben wolle. Wofür, ja das sei ihm dann auch langsam klargeworden. Deshalb sei ihm die ganze Szene so peinlich gewesen und er habe ihr das Geld gegeben.

Nach zwei weiteren Drinks war offenkundig, dass der Kerl die Wahrheit gesagt hatte. Er war einer dieser guterzogenen Menschen, die nicht lügen konnten. Und jemandem Geld schulden? Nur die Erinnerung an die ungerechtfertigte Anklage trieb ihm die Röte ins Gesicht. Ich verabschiedete mich von ihm, nicht ohne ihm einen Rat zu geben.

„Morgen werden sie das Gleiche mit dir machen. Pass auf dein Geld auf."

„Warum?", fragte er mit großen Augen.

„Weil du eine leichte Beute bist."

„Warum?", fragte er noch einmal.

Ich hatte mich schon halb umgedreht, wandte mich ihm aber noch einmal zu.

„Weil du ein Gringo bist und deine Unschuld dir ins Gesicht geschrieben steht."

„Unschuld?"

So langsam begann der Typ mich zu nerven. Wie konnte jemand nur so naiv sein!

„Das nächste Mal steh von deinem Stuhl auf! Du bist schließlich fast zwei Kopf größer als diese Gören. Dann guckst du ihr direkt in das freche Gesicht und sagst: Verschwinde!"

Damit ließ ich den amerikanischen Touristen zurück und ging hinauf in mein Zimmer. Von oben hatte ich einen Ausblick über die Dächer von Belém, bis hin zur Kathedrale Nossa Senhora de Nazaré. Wenn ich mich ein wenig vornüberbeugte, konnte ich auch das Theater sehen und davor, winzig klein, die *Bar do Parque*.

Ich muss gestehen, dass seit meinem letzten Aufenthalt in Berlin Gefühle in mir aufkamen, die ich an mir so nicht kannte und die schon durch unbedeutende Vorkommnisse ausgelöst werden konnten. Was ging mich dieser Amerikaner an? Gar nichts. Und doch hatte mich geärgert, wie diese kaum zwanzigjährige Prostituierte den Gringo über den Tisch gezogen hatte. Ich öffnete die Minibar und fand, was ich suchte, eine Cola. Nach den zwei Whiskeys an der Hotelbar rann dieses eiskalte Getränk wohltuend durch meine Kehle.

Ich legte mich aufs Bett und verfolgte die Nachrichten. Zum wiederholten Male zeigten sie ein Apartment, ein Triplex, wie der Reporter es nannte, denn es erstreckte sich über drei Etagen und hatte sogar einen internen Fahrstuhl. Der Ex-Präsident Lula hätte dieses Apartment erhalten, für millionenschwere staatliche Aufträge an eine

Baufirma, wie der ermittelnde Staatsanwalt versicherte.

Schon im Halbschlaf dachte ich an Isabella. Als Bodo hinter ihr im Türrahmen erschien und mir die Hand entgegenstreckte, öffnete ich erschreckt die Augen. Morgen würde ich meinen Revolver abholen.

Seit meiner Ankunft hatten zwei meiner drei mir unterstellten Kollegen mehrmals versucht, mich zu erreichen. Mein Handy brummte und blinkte, aber ich reagierte nicht. Erst heute sah ich mir die Sache genauer an. Einer der drei, der sich mit dem Decknamen Macho 2 meldete, hatte mir doch tatsächlich eine seitenlange Beschreibung der Zustände in Venezuela geschickt. Ich brauchte eine geschlagene Stunde, um alles zu lesen. Sein Bericht war mit Namen gespickt, die ich nicht kannte, und zählte auf, wo die Milizen des Präsidenten Maduro Massaker angerichtet hätten. Auch diese Orte kannte ich nicht. Da es meine Aufgabe war, die Lageberichte zusammenzufassen, schickte ich dem Coach die Meldung: „Venezuela: Einige politische Morde. Sonst nichts Neues."

Die beiden anderen, namens Macho 1 und Macho 3, hatten noch nichts von sich verlauten lassen, obwohl Macho 3 mich seit meiner Ankunft etwa alle drei Stunden anrief. Dieser hatte wohl etwas Dringendes mitzuteilen. Also rief ich zurück.

Bevor ich mich vorstellen konnte, plapperte er schon los.

„Es sind für den nächsten Sonntag landesweit Großdemonstrationen geplant. Mehrere Organisationen rufen dazu auf."

„In Belém auch?", fragte ich.

„Überall. In allen großen Städten."

„Und warum?"

Mein Gesprächspartner stockte.

„Sind Sie Wassermann?"

„Der bin ich. Schreiben Sie Ihren Bericht. Ich warte."

Und bevor das Plappermaul noch etwas sagen konnte, legte ich auf. Schließlich war ich der Chef.

Macho 1, meinem Mann in Kolumbien, schickte ich eine SMS. „Warte auf Nachricht. Wassermann."

Damit hatte ich meine Pflicht getan. Obwohl ich gerade erst geduscht hatte, war ich schon wieder schweißgebadet. Es war an der Zeit, den Revolver abzuholen.

In den nächsten Monaten erhielt ich ungefähr in wöchentlichem Rhythmus von zwei der drei Machos alles Mögliche an Material zugesandt. Sie kopierten Zeitungsartikel, schickten mir Links zu Webseiten, die ich erst umständlich öffnen musste, und fügten ihren weitschweifigen Beschreibungen der politischen, sozialen und wirtschaftlichen

Ereignisse noch Screenshots von Facebook-Konten und Blogkommentaren hinzu. Auf der kleinen Bildfläche meines Handys konnte ich dies alles unmöglich lesen, vom Speichern einmal ganz abgesehen, und so sah ich mich genötigt, mir einen Tischcomputer anzuschaffen.

Ich verstand jetzt erst richtig, was meine Funktion war. Offensichtlich sollte ich Berlin vor Informationen schützen, oder besser gesagt, sie auf ein erträgliches Maß reduzieren. Dies tat ich denn auch. In ebenfalls wöchentlichen Abständen schickte ich dem Coach drei- bis fünfzeilige Einschätzungen der Lage, die sich im Falle Venezuelas manchmal auf eine Zeile reduzierten, denn dort wiesen alle Tendenzen konstant in dieselbe Richtung: nach unten.

Brasilien selber machte mich in diesen Monaten langsam immer ratloser, das heißt, ich begann das Land langsam zu verstehen. Selbst meine ehemalige Tätigkeit, ich hatte im Nordosten des Landes Brunnen gebohrt, wurde mir jetzt erst in ihrer tiefen Sinnlosigkeit klar. Sie war buchstäblich der Tropfen, der auf einen heißen Stein fiel und dazu verurteilt war, sofort zu verdampfen.

Dass in Brasilien kein Wasser fehlte, außer genau in diesem öden Landesinneren seiner nordöstlichen Region, zeigten mir auch meine Stippvisiten in die weitere Umgebung Beléms. Der Coach wertete meine Reisetätigkeit positiv, zeugte sie doch von Engagement im Dienste der Sache: der Sache, Informationen zu beschaffen und an Ort und Stelle ihre Triftigkeit zu überprüfen. Ich hatte keinen Anlass, ihn von diesem Glauben abzubringen.

Macho 1, der in Kolumbien eingesetzt war, hatte mir bis jetzt nur eine einzige Nachricht geschickt. Sie bestand aus vier Buchstaben: FARC, was eine Abkürzung von *Fuerzas Armadas Revolucionarias de Colombia,* Revolutionäre Streitkräfte Kolumbiens, war. Ich hatte mir zunächst nichts dabei gedacht, bis mich der Coach fragte: „Was macht Macho 1?"

Wie sollte ich das wissen? Ich rief meinen in Kolumbien eingesetzten Kollegen aber einige Male an, um den Coach zu besänftigen, der mir jetzt täglich immer dieselbe Frage stellte. Doch weder meine Anrufe noch die des Coaches wurden beantwortet.

Wir warteten noch weitere zwei Wochen, bis wir mit Gewissheit annehmen konnten, dass Macho 1 etwas zugestoßen war. Seine letzte Nachricht war aus einer Ortschaft im Landesinneren gekommen, wo, so versicherte mir der Coach, die Guerilla noch aktiv sei. Macho 1 hatte vor meiner Zeit regelmäßig über den langsamen Niedergang der Bewegung berichtet, die immer mehr zu einer bloßen Drogenschmugglerbande heruntergekommen war. Militärisch hatte sie schon seit langem keine Erfolge mehr zu verzeichnen, was sie durch waghalsige Geiselnahmen kompensierte, die Geld einbrachten und noch einen Rest von Respekt einflößten. Trotz ihrer reduzierten Schlagkraft war mit der Guerilla also nicht zu spaßen.

„FARC" hatte Macho 1 gesendet. Hatte er nur noch für diese vier Buchstaben Zeit gehabt, bevor sie ihn kidnappten? Hatte er Angst gehabt, abgehört zu werden und sich auf das Wesentlichste beschränkt?

„Fahr hin!", sagte mir der Coach schließlich.

So kam es, dass ich meinen Aufenthalt im Hilton von Belém kurzerhand beendete. Mir sollte es nur recht sein, denn die Touristen, die hier ein oder zwei Nächte abstiegen, ärgerten mich schon vom ersten Tag an.

„Fahr hin!"

Aber wohin genau? Und vor allem: Was konnte ich vor Ort ausrichten? Der Coach hielt sich bedeckt, schien aber mehr zu wissen, als er sagen wollte. Zumindest hoffte ich, dass er mehr wusste. Denn was sollte ich machen? Mit dem Bus in den Dschungel fahren und die Passanten fragen: „Hallo, habt ihr einen deutschen Spion gesehen?"

„Fahr mit dem Schiff, alles Weitere später."

Mir verschlug es die Sprache. Mit dem Schiff? Meinte er, den Amazonas hoch bis nach Manaus und noch weiter, immer weiter, bis kein Boot mehr fuhr und ich über Land weitermusste? Er meinte genau das.

Bald lehnte ich an der Reling der *Amazon Star*, eines dieser Passagierschiffe, die von Belém aus über Santarém und einige andere Stopps bis Manaus fuhren. Ich kannte die Barkassen, die auf dem Amazonas und den weitverzweigten Wasserarmen seines Mündungsdeltas verkehrten. Zumeist waren sie aus Holz, ein oder auch zweigeschossig und voll mit baumelnden, bunten Hängematten. Innerlich auf eine anstrengende Reise eingestellt, war ich somit überrascht von dem Komfort, den mein Schiff zu bieten hatte. Zwar gab es auch ein Schlafdeck, das unterste von dreien, wo gegen weniger Geld die fünf Tage bis Manaus in einer Hängematte verbracht wurden, aber es gab auch das Oberdeck, wo sich Bessergestellte eine bescheiden eingerichtete Kabine leisteten. Mein Ticket hatte ich schon im Hilton gekauft, wo man mich gleich als Gringo und somit als Anwärter auf das Oberdeck eingestuft hatte. Dieses Mal war ich nicht unglücklich darüber, einen saftigen Aufpreis bezahlt zu haben. Fünf Tage baumeln? Mir war nicht danach.

Warum hatte der Coach mich auf dieses Schiff geschickt, wo es doch Flüge gab und ich die 1.700 Kilometer bis Manaus auch in wenigen Stunden hätte zurücklegen können? Schneller als ich erwartet hatte, wusste ich die Antwort.

„Wassermann?", fragte jemand neben mir. Er hielt mir die Hand zum Gruß hin und fügte hinzu: „Macho 2, direkt aus Caracas."

„Angenehm", sagte ich. Damit hatte ich nun gar nicht gerechnet, ich war also nicht allein auf großer Fahrt. Tatsächlich hatte ich mich schon gewundert, wie ich in dem Spanisch sprechenden und vom Bürgerkrieg zerrissenen Kolumbien den verschwundenen Kollegen finden sollte. Vier

Augen sehen mehr als zwei und wahrscheinlich hatte Macho 2 sonst noch Einiges zu bieten. Venezuela war auf jeden Fall eine härtere Nummer als mein Posten im Hilton in Belém. Ich lächelte.

„Stecken Sie Ihren Revolver lieber vorne in den Gürtel, hinten sieht man ihn, und Sie sind ihn schneller los, als Sie denken."

Der erste Eindruck sollte nicht trügen. Macho 2, der eigentlich Peter hieß und von nun an Pedro genannt werden wollte, war eine Kämpfernatur. „Z-Schwein", wie er selbst sagte, was in zivilisiertes Deutsch übersetzt, so viel heißen sollte wie ehemaliger Zeitsoldat. Er hatte sich für zehn Jahre verpflichtet und war jetzt nach seinem Dienst das geworden, was ich auch war: Außendienstmitarbeiter des BND.

Pedro verhielt sich alles andere als unauffällig. Auf dem Hinterdeck, wo man an einer Bar Bier und Caipirinha kaufen konnte, schlug er bald sein Basislager auf, um mit den weiblichen Fahrgästen anzubändeln. Als er in bemerkenswert kurzer Zeit bei einer tropischen Schönheit Erfolg hatte, verschwand er mit der lächelnden Eroberung in seiner Kabine. Zeit, die ich nutzte, um Bier zu trinken, während der dunkelgrüne, immergleiche Horizont langsam vorbeiglitt.

Einmal tauchten wie aus dem Nichts Kanus auf, die sich seitlich an die *Amazon Star* hängten. Von unten reichten Kinder an langen Stöcken Plastiktütchen mit Paranüssen und andere Esswaren herauf, die von den Abwechslung suchenden Passagieren gerne entgegengenommen wurden. Nachdem die Bezahlung ordnungsgemäß hinunter ins Boot geworfen worden war, ließen die braunen Hände unseren Stahlkoloss los und die Kanus verschwanden schnell irgendwo zwischen Wasser und Horizont.

Vielleicht ist dies der einzige Ort der Welt, wo das Bier ohne Übertreibung als Droge bezeichnet werden kann. Oder war es diese Brise, mir eine schwere und zugleich sanfte Schwüle ins Gesicht blasend, die mich so benommen machte? Manchmal rückte der Horizont näher, um sich dann wieder langsam zu entfernen. Ich sah mich um, auch hinter uns war jetzt dieser dunkelgrüne Strich, der sich ohne Unterbrechung seitlich fortsetzte. Wenn die *Amazon Star* nicht zielstrebig auf einen ebenso aussehenden Horizont zugefahren wäre, ich hätte tatsächlich gedacht, wir wären auf einem riesigen See. Fuhren wir im Kreis? Jetzt kam das Ufer so nahe, dass ich Bäume erkennen konnte und dazwischen zwei oder drei weiße Holzhäuser. Dann waren wir wieder so weit von jeglicher Begrenzung dieses unermesslichen Wassers entfernt, dass ich meinte, wir wären auf das offene Meer hinausgetrieben worden. Aber nein, da waren wieder diese Kanus mit den fliegenden Händlern, die dieses Mal geschälte Orangen, Bananen und grüne Kokosnüsse anboten.

Ich selbst hatte mir ein Herz gefasst und eine spitze Tüte mit gesalzenen Erdnüssen ergattert. Da ich keine Münzen hatte, warf ich eine Banknote hinunter, die ich hätte zusammenknüllen sollen, so wie es meine Reisegefährten taten. So aber flatterte sie über die erhobenen Arme der Kanubesatzung hinweg und landete einige Meter weiter im Wasser. Gleich zwei Kinder sprangen aus dem Boot und ein Mädchen hatte schnell den Geldschein erwischt, dem ihm das andere streitig machte. Das Kanu machte los und ich konnte noch sehen, wie die beiden lachend wieder an Bord kletterten.

Die Sonne stand jetzt tief am Himmel. Die Aufbauten des Mittelschiffs warfen einen langen Schatten, der bis zu den von der Schiffsschraube aufgewühlten Wogen reichte. Langsam wurde der Uferstreifen immer dunkler und aus dem Sicherheit verheißendem festen Land wurde eine zunehmend bedrohlicher aussehende schwarze Zone. Welcher Schiffbrüchige hatte den Mut, nachts auf so ein dunkles Etwas zu zuschwimmen? Kaum waren die letzten Sonnenstrahlen vollends verschwunden, fingerte der Scheinwerfer der *Amazon Star* die Umgebung auf unvermutet auftauchende Hindernisse ab. Ganze Baumstämme, oft mehr als meterdick, hatte ich tagsüber uns entgegentreiben gesehen. Ich mochte mir nicht vorstellen, was eine Kollision mit einem solchen Koloss bedeutete, nahm mir aber in meinem vernebelten Kopf vor, im Falle eines Falles Richtung Finsternis zu schwimmen, wo das Ufer war.

„Genau!", sagte Pedro, der plötzlich neben mir saß.

„Manchmal muss man kontraintuitiv handeln. Nicht immer ist die schönste Frau die beste im Bett."

Ich blickte diesen Kerl an. Woher kam er nur plötzlich?

„Aus der Kabine. Übrigens sehr stickig. Hier draußen ist es angenehmer."

War ich nicht mehr Herr meiner Sinne? Oder konnte er Gedanken lesen?

Ich nahm den letzten Rest von Nüchternheit zusammen und wankte die Reling entlang bis zur Tür „sieben". Es war tatsächlich meine Kabine. Ich hatte die Nummer nicht vergessen. So betrunken konnte ich also nicht sein. Zumindest sagte ich mir dies am nächsten Morgen, als ich mich angezogen in meiner Koje vorfand.

Zuerst war mir nicht klar, was dieses Vibrieren in meiner Hosentasche zu bedeuten hatte. Dann dämmerte es mir: Mein Handy, das ich seit Tagen nicht benutzt hatte, meldete sich. Es war der Coach.

„Steigen Sie in Santarém aus und fliegen Sie bis Bogotá. Alles Weitere vor Ort."

Hatte ich richtig gehört? Sicherheitshalber rief ich zurück und bat um Bestätigung.

„Lassen Sie die Faxen. Sie haben richtig gehört."

Der Coach war hörbar ungehalten.

So kam es, dass wir zwei Stunden später in Santarém, auf ungefähr halber Strecke nach Manaus gelegen, die *Amazon Star* verließen.

Pedro brabbelte etwas vor sich hin, das sich anhörte wie: „Verfolger abhängen, falsche Spuren legen." Ich ließ ihn reden und winkte ein Taxi herbei, das mit anderen auf ankommende Passagiere wartete. Als ich schon die Beifahrertür geöffnet hatte, raunte mir Pedro ins Ohr. „Das nicht. Erratisches Verhalten, sicherheitshalber."

So nahmen wir das nächste und ließen uns zum Flughafen fahren, nicht ohne vorher auf Anraten von Pedro einmal umgestiegen zu sein. Oder waren es zwei Mal?

„Haken schlagen. Unberechenbar sein." Ich machte es alles mit, weil mein Kater, statt besser zu werden, immer schlimmer wurde. Doch nahm ich mir vor, dem Verfolgungswahn meines Kollegen ein baldiges Ende zu bereiten.

Von Santarém aus gab es keinen Direktflug nach Bogotá. Zwar kam man bis Manaus, aber von dort aus ging es ebenfalls nicht weiter, ohne tagelang von einer Dschungelpiste bis zur andern zu hopsen. So mussten wir nach Belém zurück, um von dort aus nach Brasilia zu kommen. Mittlerweile hatten wir uns so weit von unserem Zielort Bogotá entfernt, dass der Coach anrief und wissen wollte, ob wir unseren Auftrag richtig verstanden hätten.

„Haben wir. Aber in Südamerika muss man manchmal nach hinten gehen, um nach vorne zu kommen, in unserem Falle zuerst Richtung Osten, weil wir ja nach Westen wollen und dann Richtung Süden, weil das Ziel im Norden liegt."

Dieses Mal hatte ich es dem Coach gegeben.

Aber selbst in Brasília gab es keinen Direktflug nach Bogotá, an dem wir sozusagen vorbeiflogen, um in Panama-City das Flugzeug zu wechseln. Am zweiten Tag unserer Reise waren wir schließlich dort, in Bogotá.

Pedro jedenfalls war mit unserer erratischen Bewegung, wie er es nannte, zufrieden. „Wir haben es gemacht wie die Stubenfliege. Bei der weiß man auch nie, wo die landet. Deshalb erwischt man sie so selten."

Wir sahen wahrscheinlich aus wie gestrandete Touristen, als wir schließlich in der Eingangshalle der deutschen Botschaft standen. Seit Tagen ohne vernünftig zu duschen und übernächtigt vom stundenlangen Herumsitzen in irgendwelchen Flughäfen zu Zeiten, in denen normale Menschen schlafen, machten wir wohl einen dermaßen bemitleidenswerten Eindruck, dass uns die Empfangsdame sofort einen Plastikbecher mit eisgekühltem Wasser anbot. Pedro hatte die Situation noch vor mir gecheckt und versuchte auf seine fatale Art Punkte zu machen.

„Schönes Kostüm!", sagte er und das Gesicht der zuvorkommenden Dame verfinsterte sich. Er hatte offenbar noch nicht begriffen, dass wir wieder in Deutschland waren. Zumindest in einem Teil davon.

„Was kann ich für Sie tun?"

Ich sagte: „Wassermann."

„Und?"

Es war wirklich zu blöd. Mit wem sollten wir hier reden, ohne groß aufzufallen. Ich konnte ja schlecht sagen: „Wir sind vom BND und wollen Macho 1 befreien."

Pedro konzentrierte sich auf die weibliche Seite unseres Problems.

„Entschuldigung", sagte er, „war nur so daher gesagt, wir sind schwer traumatisiert, da geht einem schon mal was durch."

„Traumatisiert?"

„Ja, aber wir konnten uns retten."

Die Dame war sichtlich konsterniert. „Und?"

„Und jetzt sind wir hier. Gott sei Dank!"

Ich hatte mittlerweile begriffen, was Pedro einfädelte und mischte mich ein.

„In Wahrheit haben sie uns laufen lassen. Unsere Familien haben alles gezahlt, was sie wollten."

Die Dame bot uns noch ein Wasser an, und wies auf ein unbequemes Designsofa, das wohl nur da stand, um den Granitfußboden besser zur Geltung zu bringen.

Sie zögerte, traute sich dann aber doch zu fragen.

„Sie waren in Geiselhaft?"

„Ja", sagten wir gleichzeitig.

Schon griff sie nach dem Telefon, sagte irgendetwas in den Hörer und wandte sich uns wieder zu. Pedro hatte sich auf das Sofa gesetzt und mimte einen Zustand extremer Erschöpfung. Ich stütze mich derweilen auf die Empfangstheke, um seiner Pose, die mir als nicht sehr glaubwürdig erschien, Nachdruck zu verleihen.

„Oh", sagte die Dame, „der Herr von der Krisenbewältigungsabteilung ist sofort hier. Soll ich auch einen Arzt rufen?"

„Wassermann", sagte ich, denn zwei Angestellte waren aus dem Innern der Botschaft gekommen, von denen der eine mir seine Hand entgegenstreckte.

„Ich weiß", sagte derjenige, der aussah wie ein Chef, „ich hatte sie schon in der letzten Woche erwartet."

Pedro hatte sich aufgerappelt und musste seinen Senf dazutun.

„Wir haben sie abgehängt. Das hat Zeit gekostet."

Die Innenausstattung der Büroräume eines Regierungsgebäudes schienen einem einheitlichen

Muster zu folgen. Die Jalousien der Botschaft, ein abweisender zehnstöckiger Kasten, waren heruntergelassen und es war mir, als ob wir in Berlin wären. Die einfallslose Dekoration tat ihr Übriges. Ein Wappen der Bundeshauptstadt, ein Foto vom Brandenburger Tor, das war es.

„Wir haben schon Kontakt", sagte der Chef. „Die Verhandlungen sind beendet. Mehr ist nicht drin. Jetzt geht es darum, ihn abzuholen."

„Das hört sich ja einfach an." Pedro konnte seinen Mund nicht halten.

„Für den BND vielleicht. Aber wir, wir haben nur gewartet und telefoniert. Ins Landesinnere traut sich keiner."

„Kinderspiel", sagte Pedro, „wo ist er?" Ich stieß ihn in die Seite. Schließlich war ich sein Vorgesetzter und mir war angesichts der Situation nicht zum Spaßen zumute.

Bald saßen wir vor einer Landkarte Kolumbiens, in der mit einem roten Punkt der Ort markiert war, an dem wir Macho 1 abholen sollten. Inmitten einer noch vom Wald bedeckten, schwer zugänglichen Gegend am Fuße der Anden, tief im Süden des Landes, wo die Guerilla noch einige Gebiete kontrollierte.

„Die Regierungstruppen stellen uns einen Hubschrauber zur Verfügung, bis hier." Der Chef tippte mit dem Kugelschreiber auf die Karte. „Da ist das letzte Militärcamp, von da aus geht eine Landstraße in den Busch, auf der tatsächlich ein

Bus fährt, aber Militärfahrzeuge nicht. Zumindest nicht im Augenblick."

Irgendwo gegen Ende dieser Buslinie würde die Guerilla uns sagen, was zu tun ist. Klar und wir sollten die Tasche mit den fünfzigtausend Dollar abgeben, aber erst, nachdem uns Macho 1 lebend übergeben worden wäre.

„Ein Kinderspiel", sagte Pedro. Dieses Mal rief ich ihn nicht zur Besonnenheit, denn etwas anderes als Ironie fiel mir auch nicht ein.

Der Hubschrauber machte einen ohrenbetäubenden Lärm. Ohrenschützer mit eingebautem Kopfhörer waren nur für Piloten und Kopiloten vorhanden. Der Soldat, der uns begleitete, hatte sich einen Fetzen zusammengeknülltes Zeitungspapier in die Ohren gesteckt und bot uns freundlicherweise den Rest der Zeitung an. Ich lehnte zuerst ab, aber als ich sah, dass Pedro schon dabei war, es dem Soldaten nachzutun und der Lärm mit dem Abheben des Hubschraubers immer weiter zunahm, riss ich ebenfalls ein Stück aus der Zeitung. Mit den aus den Ohren herausragenden Papierfetzen sahen die beiden anderen aus wie Gnome. Ich musste wohl auch so ausgesehen haben, denn Pedro zeigte auf mich und grinste.

Einmal, als wir dachten, wir wären schon am Ziel, landete der Helikopter, um aufzutanken. Wir nahmen einen Offizier an Bord, der auf dem Rückweg von einem Krankenurlaub war. Als er hörte, dass wir mit dem Bus in das Guerillagebiet weiterreisen wollten, sah er uns an und wiegte den Kopf.

„Es ist im Augenblick fast nichts los, wegen der Verhandlungen. Aber auch nur, weil wir nicht weiter vorrücken."

Als der Lärm der Rotoren wieder einsetzte, schrie er etwas, was ich nicht verstand. So saßen wir in der nächsten Stunde, ohne ein weiteres Wort zu wechseln voreinander. Zwei Gnome aus Deutschland blickten schweigend in das Gesicht eines kolumbianischen Offiziers, der sich wohl fragte, ob wir noch alle Tassen im Schrank hatten.

Die Nacht verbrachten wir im Militärcamp, wo Rodrigues, so stellte sich der Offizier nach der Landung vor, stationiert war. Uns wurden zwei Pritschen in einem Zelt zugewiesen, nachdem der Kommandant uns die Reisetasche abgenommen hatte. Pedro, der fließend Spanisch sprach, hatte noch eine Zeitlang den einen Griff der Tasche festgehalten und energisch protestiert. Aber schließlich wurde er vom ebenso erregt palavernden Kommandanten davon überzeugt, dass das Geld im Innern eines Schützenpanzers sicherer aufgehoben sei als auf unserer Pritsche.

Mir war mittlerweile alles egal. Mein Körper vibrierte und schien mich an das infernale Motorengeräusch erinnern zu wollen. Auch hatte ich, so kam es mir zumindest vor, eine akustische Schlagseite. Alle Geräusche, die von links kamen, nahm ich nur gedämpft wahr. Ich dachte, es käme davon, weil ich am offenen Fenster gesessen hatte, bis ich bemerkte, dass ich vergessen hatte, den Papierstöpsel aus meinem linken Ohr zu entfernen.

Nachts brüllten Affen ganz in der Nähe.

„Brüllaffen", flüsterte Pedro im Dunkeln.

„Logisch", sagte ich.

„Du brauchst nicht mehr zu schreien", flüsterte er zurück. Dann fiel ich in einen Schlaf, in dem sich Affen von einer Säule des Brandenburger Tores zur andern schwangen. Isabella stand oben im Streitwagen und knallte mit der Peitsche. Ich selber flog mit einem grünen Helikopter durch den Torbogen und warf Dollarscheine aus der offenen Tür, während Pedro durch das gegenüberliegende Fenster auf die Affen feuerte. Ich wurde wach, weil ich kicherte. Es war kurz vor Tagesanbruch.

Der Bus hielt genau vor der Militärstation. Bevor wir einsteigen konnten, wurden alle schon im Innern befindlichen Passagiere gefilzt. Dazu wurden sie mit rauen Befehlen aus dem Bus kommandiert und in einer Reihe aufgestellt, mit dem Gesicht Richtung Bus. Mit den Händen stützten sie sich in Schulterhöhe an der Karosserie ab. Offenbar kannten sie dieses Verfahren schon, denn sie fügten sich in die Prozedur – automatisch und wortlos.

Natürlich fanden die Soldaten nichts Interessantes, außer einer Kiste Bier, in der sie wohl eine brennbare Flüssigkeit vermuteten. Warum sonst sollten sie diese Kiste beschlagnahmen?

Schließlich durften wir einsteigen, begleitet bis zur Tür vom Kommandanten, der uns mit militärischem Gruß verabschiedete und uns unsere Tasche aushändigte. Der Bus war halbleer und wir hatten keine Mühe, einen Platz zu finden.

Ich weiß nicht, wie lange wir schon in diesem klapprigen Gefährt saßen. Pedro hatte sich auf die mir gegenüberliegende Bank gelegt und die Füße durch das Fenster gesteckt. Sein Kopf war über den Sitz hinaus nach hinten in den Gang gekippt. In dieser Stellung schnarchte er mit weit geöffnetem Mund nun schon, seitdem wir das letzte Mal vor einem Straßenrestaurant gehalten hatten. Wer diese Bruchbude gesehen hatte, konnte die Bezeichnung Restaurant nur für eine Ironie halten. Ich traute mich nicht, von den angebotenen Speisen etwas anzurühren. Überall waren Fliegen und aus der Toilette wehte ein bestialischer Gestank herüber. Eine Packung Salzkekse und eine Dose Coca-Cola mussten das Mittagessen ersetzen.

„Lieber Hunger als Durchfall", sagte Pedro.

Seitdem hatte er nichts mehr verlauten lassen, nur dieses infernalische Schnarchen. Ich selbst hatte versucht, aus dem immer wieder durch das geöffnete Fenster flatternden Vorhang so etwas wie ein Kopfkissen zu machen, was mir glücklich misslang. Hin und wieder schlug mein Kopf gegen den Fensterrahmen, sodass ich bald Pedro um seine weitaus komfortable Position beneidete. Aber einer musste ja wach bleiben und auf diese verdammte Tasche aufpassen. Die Leute hatten uns misstrauisch angeguckt, als wir vom

Kommandanten bis zum Einstieg gebracht worden waren. Gringos waren hier nicht sehr beliebt und dann noch solche, die vor einem Militärstutzpunkt einstiegen, da hielt man lieber Abstand. Niemand hatte bis jetzt mit uns geredet.

Es war am späten Nachmittag, als wir wieder einmal in einem Ort anhielten, der vielleicht aus einem Dutzend Häusern bestand. Die Straße hatte sich in den letzten Stunden langsam immer höher gewunden, sodass man von hier oben eine fantastische Aussicht hatte. Die länger gewordenen Schatten gaben den bewaldeten Hängen ein Relief, aus dem sich einzelne Bäume hervorhoben, welche die anderen noch um Etliches überragten.

Wieder gab es die Gelegenheit, etwas zu essen und eine Toilette zu besuchen. Während Pedro uns auf mein Geheiß hin mit Mineralwasser, Keksen und einigen Tüten Kartoffelchips verproviantierte, suchte ich die Toilette auf. Im Vorraum, da wo man sich die Hände wusch, putzten sich einige unserer Mitreisenden die Zähne. Ich selbst war dazu verurteilt, mich in diejenige Örtlichkeit zu begeben, die kein Wort der deutschen Sprache angemessen benennen konnte. 00 war wohl noch die zutreffendste Bezeichnung, schlicht bürokratisch und geschlechtsneutral. Das Wort Toilette schien ebenfalls akzeptabel, weil eine aus dem Französischen kommende Andeutung, die man mit Reinlichkeit und Diskretion verbinden konnte. Aber wie sollte man diesen Verschlag bezeichnen, in den ich mich gerade hineingezwängt hatte und dessen Tür kaum hinter mir zu schließen war? Ich sah in die Kloschüssel hinein und erschrak. Nicht wegen der dicken Kruste von Unrat, die ihre Ränder bedeckte, dies war zu erwarten gewesen, sondern wegen des Abgrunds, der sich vor mir auftat.

Ich machte einen Schritt zurück, was die mangels Verriegelung nur angelehnte Tür dazu brachte, aufzuspringen. Ein zorniges Grunzen des zähneputzenden Familienvaters, dem die Tür in den Rücken geschlagen war, ließ mich rasch wieder nach vorne rücken. Noch einmal riskierte ich einen Blick und sah durch das Bodenrohr der Kloschüssel hindurch einen Abhang, auf den die Exkremente der gottgewollten Schwerkraft folgend einfach hinunterpurzelten. Mangels Alternative schaltete ich auf den Afrikamodus um. Das war ein Wort, das im Anbetracht des Unfassbaren die Vorstellung eines noch viel Schrecklicheren bezeichnet, um dem Schrecklichen den Schrecken zu nehmen. So erinnerte ich mich selbst daran, dass ich keinen Durchfall hatte und hockte mich, dergestalt beruhigt, über die Kloschüssel, wohlweislich jeden Bodenkontakt vermeidend. Später, als ich kreidebleich zur Wasserflasche griff, die mir Pedro entgegenhielt, wurde mir klar, in welcher Situation das Wort Notdurft entstanden sein musste.

Als der Fahrer schon zum Einsteigen aufforderte, brummte mein Handy. Ich hatte tagsüber schon mehrmals versucht, ins Internet zu kommen, aber in dieser fast unbesiedelten Gegend gab es kein Signal. Desto mehr war ich überrascht, plötzlich den Coach zu hören. Das erste, was er mir sagte war: „Bleiben Sie still. Sagen Sie nichts." Dann hörte ich eine Weile nur Rauschen und dann offenbar eine Aufzeichnung, denn die folgenden Sätze wurden genauso noch zwei Mal wiederholt.

„Geisel frei. Aktion erfolgreich. Glückwunsch. Treffen in Bogotá"

Dann verschwand das Internet-Signal so plötzlich wie es gekommen war.

„Glückwunsch!", sagte ich zu Pedro, der mich fragend ansah. Ich wiederholte: „Geisel frei. Aktion erfolgreich. Treffen in Bogotá."

So kam es, dass der Bus ohne uns weiterfuhr.

Das Restaurant hatte, wie alle dieser Art, in denen sich Fernfahrer beköstigen und Busse halten, einige Zimmerchen im zweiten Stock. Dort verbrachten wir die Nacht. Pedro schlief bald und schnarchte vor sich hin, was mich davon abhielt, es ebenfalls zu tun. Ich stand auf, setzte mich in das schmuddelige Sesselchen am Fenster und öffnete die Reisetasche mit dem Geld. Da lagen sie, sorgsam gebündelt, fünfzigtausend Dollar. Ich hatte noch nie so viel Bargeld gesehen und stellte mir vor, was ich damit machen könnte. Nach kurzem Überlegen kam ich zu dem Schluss, dass es zu wenig war, um damit einfach zu verschwinden. Es lohnte nicht, dafür meinen gut bezahlten Job zu riskieren. Außerdem müsste ich die Summe mit Pedro teilen. Nein, es lohnte wirklich nicht.

Aber halt! Hatte der Coach nicht gesagt, dass die Aktion erfolgreich abgeschlossen worden war? Macho 1 war auf alle Fälle in der Botschaft, das wussten sie, denn die Botschaft musste es ihnen sofort mitgeteilt haben. Nahmen sie also an, dass wir das Lösegeld übergeben hätten? Warum sollte die Geisel sonst freigelassen worden sein?

Dann waren wir also im Besitz von Geld, das sie schon abgeschrieben hatten? Am liebsten hätte ich Pedro geweckt und ihm meine Überlegungen mitgeteilt. So aber wartete ich, bis das erste Sonnenlicht durch die Ritzen in den Fensterläden drang.

„Scheiße", sagte Pedro, „wir sind reich!"

Solange wir Geld transportierten, das uns nicht gehörte, hatte ich mir keine großen Sorgen um den Inhalt der Reisetasche gemacht. Wenn uns jemand bestohlen hätte, es wäre nicht unser Verlust gewesen. So schleppten wir die Tasche wie ein beliebiges Gepäckstück, in dem niemand etwas anderes als Badelaken und abgetragene Wäschestücke erwartete, mit uns herum.

Jetzt aber passte ich auf wie ein Luchs und ließ die Tasche keinen Moment aus den Augen. Pedro stellte sich ebenfalls auf die neue Situation ein.

„Wir brauchen eine Knarre."

Es stimmte. Unsere beiden Revolver hatten wir schon im Flughafen von Santarém verloren, als wir durch die Sicherheitskontrolle wollten.

„Sie können sie bei Ihrer Rückkehr wieder abholen", sagte der Beamte. Pedro hatte noch versucht, ihn mit einer Hundert-Dollar-Note zu überzeugen, mit der er sich schelmisch Luft zufächelte, aber ohne Erfolg.

Schon beim Morgenkaffee begann Pedro mit dem Besitzer des Restaurants ein Gespräch unter vier Augen, das am Nachmittag mit dem Kauf zweier Pistolen aus US-amerikanischen Armeebeständen abgeschlossen wurde.

Ich wollte nur weg, doch am Abend saßen wir immer noch da. Ein Bus, der in unsere Richtung fuhr, war zwar gegen vier Uhr eingetroffen, fuhr aber aus unerfindlichen Gründen nicht weiter. Später erfuhren wir vom Fahrer, dass die FARC eine Straßensperre kurz vor dem Stützpunkt der Regierungstruppen errichtet hätten. Warum? Der Waffenstillstand sei zu Ende und dort wäre schließlich immer eine Straßensperre gewesen.

„Waffenstillstand?"

„Ja wussten Sie das nicht? Sonst hätte man Sie schwerlich hier reingelassen."

Nach und nach zog ich dem offenbar bestens informierten Busfahrer die Informationen aus der Nase. Im Rahmen einer Feuerpause waren Gefangene ausgetauscht und fünfzig Geiseln freigelassen worden. Auch eine Kolonne vom Internationalen Roten Kreuz sei durchgelassen worden.

„Wenn die zurückkommt, fahren wir hinterher. Sicher ist sicher."

So war Macho 1 offenbar freigekommen. Im Rahmen einer Waffenstillstandvereinbarung und völlig ohne unsere Hilfe.

Es dämmerte schon. Nach Einbruch der Dunkelheit fuhr hier niemand mehr. Das Rote Kreuz würde wohl auch erst morgen kommen. So zogen wir uns für eine weitere Nacht in unser Zimmerchen zurück. Ich verdonnerte Pedro dazu, im Sesselchen sitzend auf die Tasche aufzupassen. Ich brauchte dringend einen erholsamen Schlaf. Aber stattdessen träumte ich.

Es war nicht das erste Mal, dass ich von den Kriegserlebnissen meines Vaters geträumt hatte. Erlebnisse, die ich nie gemacht, die er mir aber erzählt hatte, als ich noch ein kleiner Junge war. Ich erwachte schweißgebadet. Pedro saß friedlich im Sesselchen und schnarchte. Das Handy zeigte fünf Uhr an. Bald würde es hell werden und ich hatte immer noch keinen Plan.

Wenn man nicht weiß, was man will, beginnen die Dinge, uns an die Hand zu nehmen. So saßen wir bald wieder im Bus, der hinter dem endlich eingetroffenen Konvoi des Roten Kreuzes herfuhr. Es ging noch langsamer voran als auf dem Hinweg. Mehrere Male hielten die Wagen vor uns, um den Verletzten einige Minuten Erholung von der beständigen Schaukelei zu geben. Einmal stieg ein junger Arzt zu uns, kreidebleich, in einem grünen

197

Kittel, der über und über mit Blut bedeckt war. Er rauchte.

„Rauchen ist schlecht für die Gesundheit", sagte Pedro so laut, dass der Arzt es hörte. Dem war offenbar alles egal, er rauchte seine Zigarette zu Ende und stieg beim nächsten Stopp wortlos wieder in den Krankenwagen vor uns.

Die Straßensperre der Guerillas, wenige Kilometer vor dem Militärstützpunkt, wo uns der Hubschrauber abgesetzt hatte, bestand aus einem quer über die Straße gelegten schweren Balken, an dessen einem Ende ein Seil befestigt war. An jenem hantierten nun zwei Männer in improvisierten Uniformen herum, die den Balken wie einen überdimensionalen Uhrzeiger an die Seite zogen. Sie winkten den Konvoi durch und unser Busfahrer schloss dicht auf, um ja den Anschluss nicht zu verlieren.

„Freiheit!", sagte Pedro. Ich hätte ihm am liebsten einen Knebel in den Mund gesteckt.

Im Grunde war ich davon ausgegangen, dass wir im Militärcamp sofort in einen Hubschrauber umsteigen würden und in wenigen Stunden schon in unserem Hotel in Bogotá wären. Wie konnte ich nur so naiv sein. Den Militärs waren wir jetzt völlig egal. Die deutsche Geisel war frei und der Waffenstillstand war vorbei. Überall waren Soldaten damit beschäftigt, Proviant, Munition und anderes undefinierbares Zeug in olivgrüne Kisten oder Leinentuchsäcke zu packen. Der Bürgerkrieg hatte nur eine Pause gemacht. Wir waren durch ein

Loch der Geschichte geschlüpft wie durch ein Loch im Zaun.

„Wir hatten Glück, dass wir rechtzeitig wieder zurück sind."

„Da kannst du einen drauf lassen", sagte Pedro und ich bereute es, ihn angesprochen zu haben.

Ich erspare es mir, die umständliche Busfahrt zu schildern, die uns zurück in die kolumbianische Hauptstadt brachte. Als wir endlich ankamen, stiegen wir völlig gerädert aus und hätten fast die Tasche vergessen. Es war die gleiche Tasche, mit der wir vor zehn Tagen losgezogen waren, mit exakt der gleichen Summe Geld, die uns mitgegeben worden war, um Macho 1 zu befreien.

Der mich einige Augenblicke beherrschende Gedanke, das Geld nicht zurückzugeben. war nach und nach der Angst gewichen, dabei erwischt zu werden, dem deutschen Staat Geld aus dem Etat für Krisenmanagement zu hinterziehen. Wenn es zehn Mal so viel gewesen wäre, ja dann vielleicht, aber so? Fünfzigtausend Dollar geteilt durch zwei waren einfach zu wenig für einen solchen Stress.

Mit diesen Gedanken und mit einem gewissen Stolz über meine Ehrenhaftigkeit, die meine Gewissensbisse der letzten Tage nun endgültig zum Schweigen brachte, schlief ich einen wohltuenden Schlaf.

Irgendwann schlug Pedro gegen die Tür. Es war schon hell und ich brauchte einige Sekunden bis ich wusste, wo ich war. Hotelzimmer, Bogotá. Kolumbien.

„Die Tasche ist weg!", flüsterte er. Ich schloss die Tür hinter ihm. Öffnete sie dann wieder und hängte das Schild mit der Aufschrift „Nicht stören!" an die Klinke. War ich schon wach? Oder hatte ich wieder einmal einen meiner Träume, die ich, wenn ich sie träumte, nicht von der Wirklichkeit unterscheiden konnte?

„Die Tasche ist weg!", sagte er jetzt wohl schon zum vierten Mal.

In der Tat war die Tasche mit dem Geld spurlos verschwunden. Pedro hatte, so sagte er, es erst gerade bemerkt, aber sie sei wohl schon gestern Abend gestohlen worden, als er noch einmal unten in der Bar war, um einen Drink auf die glückliche Rückkehr zu trinken. Er sei danach dann direkt ins Bett gegangen und eingeschlafen.

Ich war sprachlos. Was sollten wir dem Coach sagen? Und was würde die Botschaft machen?

Pedro saß wie ein Häufchen Elend vor mir und erwartete offenbar, dass ich, als sein Chef, die Initiative ergriff. Aber was sollte ich machen? Zur Polizei gehen? Dieser Gedanke war einfach lächerlich, obwohl er in Deutschland wohl der naheliegendste gewesen wäre.

In unüberschaubaren Situationen, das hatte ich in Afrika gelernt, ist es besser, man macht gar nichts. Ich ließ es zu, dass Pedro meine Minibar plünderte und von einem TV-Kanal zum anderen schaltete.

Es war besser, er blieb in meinem Zimmer, denn bei ihm wusste man nie, was er im nächsten Augenblick anstellte.

Erst gegen Abend ging ich ins Hotelrestaurant, um das versäumte Mittagessen nachzuholen und, wer weiß, vielleicht eine Antwort auf die Frage zu finden, die mir beständig durch den Kopf ging: Was tun? Pedro trottete hinter mir her und sagte kein Wort. Das war sein Glück, denn je mehr Zeit verstrich, ohne dass ich eine Lösung fand, desto ärgerlicher wurde ich.

Pedro suchte sich gerade einen Nachtisch aus, als mein Handy brummte. Mir rutschte das Herz in die Hose. Es war der Coach.

„Alles klar?", fragte er. Ich stutzte, denn es war nicht seine Art, sich nach meinem Befinden zu erkundigen. In einem Anfall von Leichtsinn, beschloss ich, in die Offensive zu gehen.

„Tut mir leid, aber das Geld ist weg."

Der Coach lachte. „Das Geld ist weg, aber dafür haben wir den Macho 1 zurück."

Hatte er keine Ahnung, dass wir das Lösegeld gar nicht übergeben hatten? Ich versuchte, Gewissheit zu erlangen.

„Und die anderen 49 Geiseln. Wer hat für die bezahlt?"

„Fünfzig", antwortete er, „unser Mann war nicht im Kontingent. Keiner hat für die bezahlt. Die Regierung hat fünfzig Gefangene freigelassen."

Jetzt wurde ich dreist, aber ich musste wissen, wie weit er informiert war.

„Nur wir mussten zahlen?"

„Nur wir. Gefangene hatten zum Tauschen hatten wir ja nicht!" Und er lachte abermals.

Mittlerweile saß Pedro vor mir und löffelte seinen Vanille-Pudding. Er hatte wohl einige Worte mitbekommen und sah mich erwartungsvoll an.

„Und jetzt?", fragte ich.

„Jetzt gehen Sie zurück nach Belém. Ich melde mich."

Und schon war das Gespräch beendigt.

Ein Kurier stand schon seit geraumer Zeit in der Tür des Restaurants. Als wir diese passierten, verneigte er sich kurz und fragte: „Senhor Wassermann?" Ich nickte und mir wurde ein Umschlag ausgehändigt. Wortlos nahm ich diesen entgegen und ging zum Fahrstuhl. Pedro schlich immer noch wie ein geprügelter Hund hinter mir her. Erst im Zimmer öffnete ich das Couvert. Es war gefüttert, in ihm steckte eine Karte mit dem akkurat aufgedruckten Wappen der Bundesrepublik Deutschland. Der Botschafter lud mich und „meinen Mitarbeiter" zu einem Empfang ein.

„Nur das nicht!", durchschoss es mich. Er würde Fragen stellen und wir müssten antworten, was in diesem Falle so viel hieß wie: Wir müssten lügen. Wie leicht konnte man sich verplappern! Und Pedro mit seiner losen Zunge! Unmöglich!

Aus einer Situation völliger Untätigkeit wurden wir jetzt buchstäblich herauskatapultiert. In weniger als fünfzehn Minuten standen wir am Empfang. Ich bezahlte unsere Rechnung und bat das Hotel, der Botschaft die Nachricht zukommen zu lassen, dass ich abgereist sei. „Aus dienstlichen Gründen." Gegen ein angemessenes Trinkgeld machte sich derselbe Kurier, der mir die Einladung ausgehändigt hatte, auf den Weg zur Botschaft.

„Sieh zu, dass du auf dem schnellsten Weg nach Caracas kommst." Mit diesen Worten verabschiedete ich mich auf dem Flughafen von Pedro, bevor ich durch die Sicherheitskontrolle Richtung Panama verschwand. Nur schnell weg hier! Von Panama aus würde ich in Ruhe eine Verbindung nach Belém suchen.

„Ciao, Boss!", sagte Pedro und tippte sich, als ob er einen militärischen Gruß parodieren wollte, an die Stirn. Offenbar war er dabei, seine alte Form wieder zu gewinnen. Ich erwiderte seinen Gruß und war froh, dass ich ihn los war.

Schon auf dem Flug nach Belém wusste ich, dass etwas passieren musste. Ich wollte so nicht weitermachen. Das Gefühl, bloß ein Spielball fremder Mächte zu sein, hatte mich das erste Mal übermannt, als ich, gerade zurück, den Test in

Berlin machen musste. Hundert Worte hatte ich aufschreiben müssen, oder sagte sie Wörter? Auf jeden Fall hundert. Und jetzt sollte ich zurück nach Belém, dem Einfallstor nach Amazonien. Was sollte ich dort? Wieder tagelang am Swimmingpool sitzen und warten, bis mein Handy brummte?

Es war einfach absurd, wie sie mit mir umsprangen. Tu dies, tu das! Und ich? Was wollte ich selbst?

Meinen Kopf hatte ich an das Plexiglasfenster gelehnt, das mich in zehntausend Metern Höhe von der eisigen Kälte da draußen trennte. Die Maschine vibrierte und der Kontakt mit dem Fenster übertrug dieses Vibrieren auf meinen Kopf und dann auf meinen ganzen Körper.

Ich dachte an Isabella. War es das erste Mal seit unserer letzten Begegnung, dass ich an sie dachte? Es mochte sein. Sogar an den Duft ihrer Haare erinnerte ich mich jetzt. Tief unter mir breitete sich der Regenwald aus, hin und wieder durchzogen von einem gewundenen Flusslauf oder bedeckt von flauschigen Wolken.

Sie war zu Bodo zurückgekehrt. Jetzt erst erlaubte ich es mir, mich an die Szene zu erinnern, in der ich durch die Eingangstür in den Flur stolperte und ihm zu Füßen lag. Meine Scham war noch jetzt so groß, dass ich mich kurz seitwärts drehte, um zu sehen, ob mein Nebenmann etwas mitbekommen hatte. Wie hatte sie mich nur dermaßen an der Nase herumführen können? Aber im Grunde, war ich es selbst, der sich etwas vorgemacht hatte. Wie hatte ich nur annehmen können, dass eine Frau und noch dazu eine Psychologin mich derart interessant finden könnte, dass sie ein ernsthaftes Verhältnis mit mir wollte. Bodo, ja, der wusste was und konnte reden. Hundert Worte waren für den ein Kinderspiel.

Aber ihr Brief. Es war dieser Brief, der mich aus dem Gleis geworfen hatte.

Eine Turbulenz, welche die abgedämpften Stöße einer Bergabfahrt mit dem Schlitten zu imitieren schien, ließ es mir geraten erscheinen, meinen Kopf von der Fensterscheibe zu entfernen.

Auch nur Worte, aufgeschriebene Worte. Sicherlich mehr als hundert. Wenn ich den Brief jetzt bei mir gehabt hätte, ich hätte sie gezählt, nur um sie ein für alle Mal abzuhaken.

Vielleicht war es diese unermessliche dunkelgrüne Weite unter mir oder die Nähe zum Weltall, dessen Rand unsere fliegende Maschine eilig durchstreifte, ich fühlte mich winzig und unbedeutend. Auf dem Zwischenstopp in Santarém blieb ich auf meinem Platz und wusste, dass ich mich entscheiden musste. Ich wusste nur noch nicht, wozu.

Der erste Tag einer Kette von weiteren Tagen im Hotel Belém Hilton, das mir freundlicherweise dasselbe Zimmer zur Verfügung stellte, in dem ich schon zuvor untergekommen war, brachte eine gewisse Erleichterung mit sich. Endlich war ich wieder allein und nicht den dummen Sprüchen Pedros ausgeliefert. Ich genoss die sauberen

Bettlaken, das nach Hygiene riechende Bad und nicht zuletzt die Klimaanlage, die ich ununterbrochen laufen ließ.

Am zweiten Tag war ich es dann schon leid, durch das wegen eben dieser Klimaanlage geschlossene Fenster auf das Dach des Theaters zu starren. Bald nach dem Frühstück, noch mit einem Glas Fruchtsaft in der Hand, ging ich in das für Gäste reservierte Areal hinter dem Hotel und schritt den Swimmingpool ab. Noch machte der Wasserspiegel seinem Namen alle Ehre. Keine von Touristenarmen in Gang gesetzte Welle verwirrte das Bild, das der Hotelbau auf die blaue Oberfläche des rechteckigen Gewässers warf. Ich setzte mich auf eine dieser Badeliegen und stellte mein Glas auf einem Beistelltischchen ab, das in meiner Reichweite war. Bald würden sie kommen, ich wusste es. Die Geschäftsleute die fünfzehn Minuten eilig hin und her schwammen, weil sie nicht vor der Zeit sterben wollten, die Touristen, die planschend ihren Kater bekämpften, und auch die Badenixen, die sich, bevor sie sich ins Wasser gleiten ließen, umständlich einölten. Es war verboten, sich vor dem Baden einzuölen, ein Schild sagte es. Aber sie machten es trotzdem, denn nur so konnte man sie ausgiebig bewundern, noch bevor ihr Körper unter der Wasseroberfläche zu einer bloßen Vermutung wurde.

Eine Woche geschah gar nichts. Die Tage glichen dermaßen einer dem anderen, dass ich nach einiger Zeit den Portier fragen musste, ob denn nun wirklich Montag sei, denn irgendwie war mir, als sei Sonntag.

„Es ist Dienstag, mein Herr", antwortete er. Von diesem Tag an, meldete er mir mit stets lächelndem Gesicht den Fortschritt, den die Zeit in vierundzwanzigstündigem Rhythmus machte.

Als er nach einigen Tagen abermals sagte: „Es ist Dienstag, mein Herr", sah ich mir, schon auf besagter Badeliege sitzend, mein Handy genauer an. Seit wann hatte ich es nicht mehr in die Hand genommen? Ich erinnerte mich nicht mehr genau, es musste bei meiner Ankunft gewesen sein. Auf jeden Fall war seine Batterie völlig leer, denn es reagierte weder auf Kopfdruck noch auf mein wiederholtes Klopfen auf den Bildschirm.

Das Ladekabel fand ich nach einiger Suche schließlich tief unten in meiner Reisetasche. So konnte ich dem Apparat die nötige Energie einflössen, die er brauchte, um mich nach einigen Minuten fröhlich blinkend anzustrahlen.

Macho 3, der meinen Job in Brasilien übernommen hatte und von einer Demonstration zur anderen eilte, hatte mir, wie es seine Aufgabe war, etliche Berichte zur politischen Lage des Landes geschickt. Selbst Pedro, der jetzt wieder Macho 2 hieß, war mit einem Bericht über Venezuela vertreten, in dem es von Verhafteten und von durch bolivarianische Milizen Zusammengeschlagenen nur so wimmelte. Nur von Macho 1, der kürzlich befreiten Geisel, hatte ich keine Mitteilung erhalten.

In den ebenfalls eingegangenen Nachrichten des Coaches fand ich die Erklärung. Macho 1 hatte um eine Versetzung in den Innendienst gebeten. Eine Bitte, die ihm aufgrund einer posttraumatischen Angststörung, wie der Coach sich ausdrückte, erfüllt worden sei. In Kürze würde ein anderer Mitarbeiter auf Kolumbien angesetzt.

„Wo bleiben denn Ihre Lageberichte? Alles klar?", fragte der Coach jetzt schon das dritte Mal. Schnell tippte ich in mein Handy. „Alles okay. Bericht folgt."

Venezuela hatte ich noch am gleichen Tag schnell abgehakt. „Oberster Gerichtshof mit regierungstreuen Richtern besetzt. Parlament entmachtet. Opposition will aus Protest nicht zu Wahlen antreten. Oppositionsführer verhaftet. Vereinzelte Massaker im Hinterland. Inflation außer Kontrolle. Regierungsmitglieder in Drogenhandel verwickelt, bisher unbestätigt."

Diese abrupte Rückkehr in die Wirklichkeit oder in das, was die Informationen daraus machten, hatte einen Kopfschmerz ausgelöst, der hinter meinen Augen begann und dann linksseitig über das Ohr hinweg in den Nacken gezogen war. Morgen würde ich mir Brasilien vorknöpfen.

Mein Blick, vom Kopfschmerz gepeinigt, ging über den Swimmingpool hinweg und über dem aufgestauten Wasser der Möhne tauchten tieffliegende Lancasterbomber auf, die schon begonnen hatten, ihre hüpfenden Bomben vor der Staumauer abzuwerfen. Ich saß auf dem

Metallsitzchen hinter der drehbaren Flak und hielt Wache. Jetzt drückte ich ab. Vielleicht hätte ich wenigstens einen der todbringenden Bomber getroffen, wenn ich nicht die Augen geschlossen hätte. Doch schon detonierten die Bomben am Fuß der Staumauer und brachten zum Einsturz, was für Generationen hätte Bestand haben sollen. Eine Lawine aus Wasser, Steinen und Schlamm brach über die Häuser flussabwärts hernieder und begrub Menschen und Vieh unter sich.

Ich erschrak. Die Kraft meiner Vorstellungen war so heftig, dass ich sie für Realität gehalten hätte, wenn ich nicht von den Spritzern aus dem Pool getroffen worden wäre, mit denen mich die Frau neckte, die ich schon gestern Abend in der Bar kennengelernt hatte.

Etwas benommen folgte ich ihrer Einladung, doch noch einen Drink zu nehmen. Vielleicht hätte ich besser ein Kopfschmerzmittel oder gar ein Schlafmittel nehmen sollen, aber so wurde es eine Caipirinha, gefolgt von weiteren.

Mitten in der Nacht wurde ich in einem Zimmer wach, das meinem glich, aber nicht meins war. Ich hörte Geräusche aus dem Badezimmer, unter dessen Tür ein Lichtschein hervorlugte. Als mir klar wurde, was geschehen war, setzte ich mich ruckartig auf. Zu schnell offenbar für meinen geschundenen Kopf, in dem sich das Zimmer zu drehen begann. Ich wusste nicht, wie ich es schaffte, in diesem Zustand so schnell meine

Bermuda überzustreifen. Mein Hemd hatte ich noch am Körper und da ich meine Latschen in der Eile nicht fand, stand ich bald barfuß auf dem Gang, mein Handy und die Geldbörse in der Hand. Hinter mir öffnete sich die Tür, die ich gerade so geräuschlos wie möglich zugezogen hatte.

„Gehst du schon?", fragte sie und verschränkte die Arme vor dem geöffneten Bademantel.

„Meine Schlappen", sagte ich, „wo sind meine Schlappen?"

Auf dem Rückweg in mein Zimmer nahm ich mir vor, nie wieder zu trinken.

Wie zu erwarten, wurde aus diesem Vorsatz nichts. Aus gelegentlichen Abstürzen in die Arme des Alkohols, wurde bald eine Gewohnheit, die am späten Nachmittag, wenn die schwüle Hitze der Tropenstadt sich in eine angenehme Brise verwandelt hatte, ihren Anfang nahm und irgendwann in der Nacht endete.

Voll einsatzfähig, war ich erst nach dem Nickerchen, das dem im Hotel eingenommenen Mittagessen folgte. Wenn man es recht sieht für maximal fünf Stunden, die mit dem ersten Drink am Nachmittag endeten.

Trotz der mir verbleibenden knappen Zeit in nüchternem Zustand wurden meine Auswertungen der Lageberichte von Macho 2 und 3 mit der Zeit nicht nur immer länger, sondern auch immer dramatischer. Mir selbst war bald nicht mehr klar, ob es an meinen spontanen Übertreibungen lag oder ob tatsächlich Millionen in Brasilien auf die Straße gingen, um die Absetzung der Präsidentin zu fordern. Aber es musste wohl stimmen, denn auch die deutsche Presse, seit Jahren der brasilianischen Regierung freundlich gesonnen, berichtete davon. Allerdings unterschlugen die meisten Journalisten das Ausmaß der Korruption, die auch die regierende Arbeiterpartei und ihren Ehrenvorsitzenden Lula voll erfasst hatte.

Venezuelas Präsident Maduro, ein ehemaliger Busfahrer, war dabei, die staatliche Erdölgesellschaft in Grund und Boden zu wirtschaften und machte aus dem einstmals reichsten Land Südamerikas ein Armenhaus. Macho 2, mein alter Gefährte Pedro, trieb sich zudem im Inland von Venezuela herum und wusste von üblen Verbrechen zu berichten, für die sich kein progressiver Journalist interessierte.

Der Coach war auch dieses Mal mit meiner Arbeit zufrieden und sagte einmal so etwas wie: „Die da oben meinen zwar, dass unsere Berichte einseitig sind, aber machen Sie weiter so. Dafür sind wir schliesslich da."

Ich selbst wusste immer weniger, wozu ich da war. Mein Hotelleben war zu einer Mischung aus Langeweile, Alkohol und Berichteschreiben geworden, die hin und wieder durch Sex in einem Zimmer, das so aussah wie mein eigenes, unterbrochen wurde.

Wie lange war ich jetzt hier? Es mochten Wochen gewesen sein. Oder waren es Monate? Mir war der

Sinn für eine kalendergerechte Zeiteinteilung völlig abhandengekommen. Mein Rhythmus war diktiert von Tag und Nacht, von dunkel und hell, von höllisch heiß und erträglich warm. Feucht war alles, sogar meine Schuhe, die ich unten in den Schrank gestellt hatte, waren von einer gräulichen Schimmelschicht überzogen. Die Zeitungen, die mir der Portier jeden Tag zustellte und die ich in einer Ecke aufstapelte, fühlten sich klamm an und hatten bald, so schien es, das Doppelte ihres ursprünglichen Gewichtes. Ich duschte mehrmals am Tag und gab es bald auf, mich abzutrocknen, denn kurz darauf rann mir der Schweiß wieder aus allen Poren und bedeckte mich erneut mit einem feuchten Film.

Ich kannte die Tropen und war an Hitze gewöhnt, aber Belém stellte buchstäblich alles in den Schatten, in einen feucht-heißen Schatten, den die Mangobäume auf die Avenida Presidente Vargas warfen. Man konnte Belém lieben oder hassen, aber gleichgültig bleiben konnte man nicht, zumindest nicht, wenn man länger als einen Touristenstopp blieb. Diese, die Touristen, erschienen täglich in sich wiederholenden Varianten in meinem Hotel. Rot im Gesicht von dem gleich am ersten Tag ihrer Ankunft zugezogenen Sonnenbrand trugen sie Gegenstände durch die Lobby und die Flure, mit denen man einen ganzen Indiostamm hätte ausrüsten können. Bunte Papageien-Federn, die meistens, wie wir wussten, gefärbte Hühnerfedern waren, ragten aus ihren Einkaufstüten. Nicht weniger häufig sah man stolze Besitzer von Keschern mit Bambuspfeilen und riesigen Bögen unter dem Arm, mit denen sie sich im Fahrstuhl ineinander verhakten.

Die, die länger blieben, sei es aus beruflichen Gründen wie ich, oder weil sie es, schon unter dem Einfluss dieser benebelnden Feuchtigkeit, einfach versäumt hatten abzureisen, lachten nicht einmal mehr, wenn einer dieser Trophäenjäger schwitzend in der Tür des Hotels auftauchte. Was gab es da auch zu lachen?

Nur einmal kam es zu einer allgemeinen Unruhe, die selbst das ansonsten seelenruhige Dienstpersonal erfasste, als ein Tourist versuchte, einen gerade auf dem berühmten Markt *Ver-O-Peso* erstandenen Affen mit auf sein Zimmer zu nehmen. Er war nicht besonders groß, aber ihn als Äffchen zu bezeichnen, wie es sein neuer Besitzer tat, schien mir doch etwas untertrieben. Der Affe, wohl von dem kühlen Luftstrom der Klimaanlage alarmiert, begann ein fürchterliches Gezeter und versuchte, sich an einer Yuccapalme festzuhalten, die gleich neben dem Empfang tropisches Flair vermitteln sollte.

Es war das einzige Mal, dass ich so etwas wie Unnachgiebigkeit bei den Hotelangestellten und dem eilig herbeigerufenen Geschäftsführer feststellen konnte. Man duldete von Reisenden irgendwo aufgegabelte Transvestiten, Prostituierte jedweden Alters, aber einen solchen Gast, nein, den mochte das Hotel nicht tolerieren.

Es war am frühen Abend, als dieser Zwischenfall mit dem Affen passierte, und ich war schon nicht

213

mehr in der Lage, einen genauen Trennungsstrich zwischen diesem und anderen Gästen zu ziehen, die mir nicht weniger exotisch erschienen oder zumindest für mich nicht zu dem gehörten, was man gemeinhin Zivilisation nennt. Aber es war wohl in dieser Phase schon der Alkohol, der in mir die Kriterien geschwächt hatte, welche die Geschäftsleitung in diesem Falle so energisch anwandte.

Hätte mich der Coach nicht regelmäßig angerufen und meine Berichte angefordert, ich wäre in diesem feuchten, alkoholdurchtränkten Leben wohl vollends versackt. So aber versuchte ich, das Fenster der Nüchternheit, das sich nach dem Mittagessen öffnete und gegen Ende des Tages schloss, mit besten Kräften, oder was davon übriggeblieben war, zu verteidigen.

Die Auswertung der eingehenden Nachrichten, mittlerweile war auch wieder jemand in Kolumbien aktiv, wurde nun durch meinen geschwächten Sinneszustand keinesfalls beeinträchtigt. Es schien vielmehr, dass man Südamerika in einem vernebelten, halbverwirrten Zustand besser verstand als in dem totaler Nüchternheit. In vollem Besitz seiner geistigen Fähigkeiten zu sein, gilt in Deutschland als eine Tugend. Diese ist jedoch zumeist dergestalt von einer mechanischen Logik verdorben, die vielleicht hilft, einen Defekt in einem Motor aufzuspüren, aber ihren Besitzer unfähig macht, gefärbte Hühnerfedern von echten Papageienfedern zu unterscheiden. Und eben dieses nebulöse Differenzierungsvermögen, dieses allgemeine Misstrauen gegen das Offensichtliche, hatte ich mittlerweile zu einer Perfektion entwickelt, die selbst den Coach ins Staunen versetzte.

Zumindest rief er mich eines Tages an und sagte, dass ich wieder einmal befördert würde, ich solle sofort nach Berlin kommen. In Wahrheit erinnere ich mich nicht genau, in welchem Zusammenhang er über die Beförderung sprach, aber „Berlin kommen" hatte ich recht deutlich verstanden. Und es konnte ja nur um eine Beförderung gehen. Um was denn sonst?

Mein Zimmer wollte ich behalten, zum einen, weil ich nicht wusste, wohin mit meinem Tischcomputer und den ganzen Zeitungen, zum andern, weil ich mich daran gewöhnt hatte, in einem Zimmer zu wohnen, das so war wie alle anderen, aber trotzdem verschieden war. Ich will sagen, meines hatte die Nummer 707 und die wollte ich nicht aufgeben. Ein einvernehmliches Gespräch mit dem Geschäftsführer, der mich schon bei manchem Drink begleitet hatte, ergab, dass ich während meiner Abwesenheit nur den halben Preis zu zahlen brauchte, im Voraus versteht sich. Ein Angebot, dass ich gerne annahm, zumal ich in gut einer Woche wieder zurück sein würde. So dachte ich.

Wie lange war ich nicht mehr geflogen? Es mochten Monate gewesen sein. Oder waren es Jahre? Lula war jetzt im Gefängnis. Das war er doch gestern noch nicht! Sogar verurteilt in zweiter Instanz. Wie schnell das jetzt alles gegangen war! Auch die Amtsenthebung seiner Nachfolgerin war kein Thema mehr. Es standen, wie ich erstaunt feststellte, Wahlen bevor. Warum hatte mir unser Verbindungsmann in Brasilien darüber nichts gesagt?

Die Leute redeten sich selbst im Flugzeug ihren Ärger über die Arbeiterpartei von der Seele. Nicht mehr wie früher, mit verhaltener Stimme, sondern gut vernehmlich. Irgendwo vor mir in der ersten Klasse hatte das zornige Publikum einen bekannten Politiker der Arbeiterpartei in der Zange. Selbst der als Streitschlichter aus der Kabine herbeigerufene Kopilot hatte Mühe, die aufgebrachten Geister zu beruhigen.

Ich bestellte mir noch eines von diesen Fläschchen Rotwein, die es eigentlich nicht verdienten, geöffnet zu werden, so wenig Inhalt war in dieser Karikatur einer normalen Rotweinflasche. Der Stewart, statt meiner Bitte zügig nachzukommen, wies auf die drei leeren Fläschchen auf meinem Klapptischchen und empfahl mir einen Orangensaft. Mir wurde heiß.

„Wasser!", sagte ich.

Während er einen Plastikbecher mit Wasser brachte, verstaute ich die leeren Fläschchen im Gepäcknetz meines schlafenden Nebenmannes und wartete auf die Stewardess. Es funktionierte.

Irgendwann schlief ich ein. Im Traum war ich von Stolz über meine Intelligenz erfüllt. Niemals in meinem Leben hatte ich so etwas gefühlt. Ich war das Genie, das den Quantenflug erfunden hatte. Man trank einfach eine kleine Flasche Kontrastmittel und schon war man in Berlin. Während des Fluges, den man gewöhnlich in Quanten, das heißt, gemeinsam mit anderen machte, applaudierten mir alle. Ich war ein bekannter Mann geworden, eben der Erfinder des Quantenfluges. Wieder schwellte Stolz meine Brust. Doch dieses wunderbare und mir unbekannte Gefühl, das ich gerne noch länger ausgekostet hätte, wurde jäh durch die Stimme meines Nebenmannes beendet.

„Waren Sie das?"

Ich, der Erfinder des Quantenfluges, musste mir so etwas bieten lassen!

„Halten Sie die Klappe oder Sie werden was erleben!", schnauzte ich dem Traumunterbrecher ins Ohr. Bis Frankfurt sagte der Mensch nichts mehr. Später am Gepäckband sah ich, dass er mit Pfeil und Bogen bewaffnet war.

„Lächerlich!", dachte ich und suchte den Anschlussflug nach Berlin.

Der Coach hatte mich nicht sofort ins Ministerium bestellt. Er wolle mit mir unter vier Augen sprechen, bevor das Theater losging.

Ich verstand dies als ein Zeichen der Wertschätzung meiner Person. Hatte ich nicht auch schon früher mit dem Coach Treffen außerhalb des offiziellen Rahmens? Gut, die Anlässe waren immer dienstlicher Natur, aber ich fühlte mich geschmeichelt, von meinem Vorgesetzten in ein Restaurant in der Nähe des Wilmersdorfer Platzes eingeladen zu werden.

„Wie früher", dachte ich.

„Das war vor drei Jahren", sagte der Coach und sah mich forschend an.

„Alles in Ordnung?", fragte ich, um die plötzlich einsetzende Stille zu beenden.

„Das frage ich Sie. Ihre Berichte sind ja in der letzten Zeit ziemlich merkwürdig."

„Richtig", antwortete ich erleichtert. „Südamerika wird in der letzten Zeit immer merkwürdiger."

„Ihre Berichte auch. Sie sind konfus. Man versteht beim besten Willen nicht, was Sie sagen wollen."

„Soll ich alles mündlich machen und Ihnen Audios schicken?"

„Haben wir doch alles schon versucht. Und wenn ich Sie anrufe, sind Sie meistens besoffen."

Jetzt war es an mir, den Coach fragend anzusehen. Was wollte er von mir? Ich konnte mich beim besten Willen nicht daran erinnern, von ihm in der letzten Zeit Anrufe erhalten zu haben. Und Audios? Die hatte ich ihm mit Sicherheit nicht geschickt. Entweder er war verrückt oder ich.

„Das werden wir herausfinden", sagte er. Konnte er Gedanken lesen?

„Sie müssen einen Test machen. Wir müssen Ihre Berufstauglichkeit feststellen."

Das war es also. Er hatte mich auf diese lange Reise geschickt, um einen Test zu machen. Wenn der Gewürztraminer nicht gewesen wäre, ich hätte das Weite gesucht. So aber – wie konnte ich eine weitere Flasche ausschlagen? – saß ich bald da, versunken in den Anblick steinerner Kanäle, voll mit Himmelsblauem. Der Coach musste irgendwann gegangen sein, denn ich war allein.

Zum Test hatten sie mich in einen Raum geschickt, der mich entfernt an ein Hotelzimmer erinnerte. Sogar eine Liege war vorhanden. Die sich mit einem kaum hörbaren saugenden Geräusch schließende Tür sagte mir, dass es sich um ein schalldichtes Zimmer handelte.

Sie hatten mich vergessen, so schien es mir, denn niemand kam. Doch ich war langes Warten gewohnt. Eigentlich konnte ich nichts besser als warten. Warten darauf, dass die Schatten endlich länger würden. Warten auf das Brummen meines Handys. Warten darauf, dass das vergeht, was die Leute Zeit nennen. Warten auf nichts.

Ein Arzt war eingetreten. Wenn es keiner war, sah er zumindest so aus.

„Wen haben wir denn da?", fragte er kumpelhaft.

„Wassermann", sagte ich und am liebsten hätte ich noch hinzugefügt, „der Erfinder des Quantenflugs." Aber ich verkniff es mir.

„Heißen Sie wirklich so? Wassermann?"

Wirklich, was war schon wirklich?

„Alle nennen mich so. Vor allem in Afrika."

„In Afrika?" Der Mann, der sich für einen Arzt hielt, hob die Brauen. Offenbar war er noch nie in Afrika gewesen.

„Ja", sagte ich.

„Gut", und er machte ein offizielles Gesicht, „zuerst machen Sie den Psychotest. Danach sehen wir uns wieder."

Ich hatte sie gar nicht bemerkt, aber sie musste wohl die ganze Zeit hinter ihm gestanden haben. Jetzt trat er zur Seite und sie stand vor mir. Isabella lächelte mich mit ihren blauen Psychologenaugen an.

„Schönen Test noch!", der falsche Arzt verschwand in der Tür, ein saugendes Geräusch hinter sich lassend.

„Wie geht es dir?", fragte sie.

Ich antwortete nicht.

„Wie geht es dir?", sie hatte ihre Frage wohl schon zwei Mal wiederholt, als ich schließlich einige Worte herausbrachte.

„Den Umständen entsprechend."

„Scherzbold!", sagte sie. „Dann fangen wir am besten gleich an."

„Hundert Worte? Nein, bitte nicht." Mir wurde heiß und kalt gleichzeitig.

„Es sind dieses Mal nur fünf. Und ich gebe sie vor."

Ich hatte mich auf die Liege gesetzt. So blickte sie jetzt auf mich herunter und reichte mir von oben ein Blatt, das ich neben mich legte.

„Was macht Bodo?", fragte ich.

„Wir haben uns getrennt."

„Schon wieder?", entfuhr es mir.

„Scherzbold!", sagte sie und ging zur Tür.

„In einer Stunde bin ich wieder da."

Auf dem Blatt, das eigentlich eher als kartoniertes Papier bezeichnet werden musste, denn es war steif und mit einer abwaschbaren Folie überzogen stand Folgendes:

„Schreiben Sie auf, was Ihnen zu diesen Worten einfällt: rot, grün, schwarz, gelb."

Sie hat weiß vergessen, dachte ich und ging zu dem Tischchen, auf dem Schreibpapier, ein Kugelschreiber und vier Farbstifte ausgelegt waren. Ich nahm den Kugelschreiber, legte ihn aber gleich wieder weg.

Warum stand weiß nicht in der Liste? Es musste eine besondere Bewandtnis damit haben, denn schwarz hatte sie zwischen die Farben des Regenbogens geschmuggelt, aber weiß fehlte.

Ich nahm die Buntstifte und mein Verdacht bestätigte sich, auch hier fehlte der weiße Stift. Und schwarz? Schwarz war ebenfalls nicht dabei.

Ein kurzer Strich mit dem Kugelschreiber erhöhte die Anzahl der blauen Schreibwerkzeuge nach meiner Rechnung auf zwei. Warum zweimal blau und keinmal weiß und keinmal schwarz und nur einmal jeweils rot, grün und gelb?

Ich hätte jetzt gerne ein Glas von dem leckeren Würztraminer getrunken. Oder wenigstens Wasser, denn meine Kehle war ausgetrocknet und das intensive Nachdenken schien meinen Durst zu verstärken.

Auch mit den farbigen Stiften machte ich jeweils einen kurzen Strich, der bestätigte, was ich schon wusste. Es war tatsächlich rot, gelb, grün und blau. Schwarz fehlte. Und weiß? Selbst wenn ich einen weißen Stift gehabt hätte, er wäre auf dem weißen Papier unsichtbar geblieben. Was sollte es also.

Dann nahm ich alle vier gebündelt zwischen meine Finger und zog eine vierfarbige Linie über das Blatt. Ein Regenbogen! Noch einmal wiederholte ich diese kleine Kunstfertigkeit, dieses Mal aber in halbkreisförmiger Bewegung, sodass kein Zweifel mehr bestehen konnte, es war ein Regenbogen!

Meine Zeit war schon fast verstrichen. Je länger ich nachdachte und auf mein kleines, vierfarbiges Kunstwerk blickte, desto mehr hatte ich das Gefühl, einer Lösung näherzukommen. Alle Farben waren aufgefächertes weißes Licht, das Weiß war die Ausgangssumme aller anderen Farben. Aber schwarz? Was hatte diese Farbe mit dem Regenbogen zu tun?

An den Beginn des Regenbogens zeichnete ich in Ermangelung eines weißen Stiftes (der eh unnütz gewesen wäre) mit dem Kugelschreiber ein Quadrat. Die weiße Farbe war innerhalb dieses Vierecks, und wenn man sich die blaue Umrandung wegdachte, wurde sie durchaus sichtbar. Aus diesem weißen Feld entsprangen alle weiteren Farben des Regenbogens, der in geschwungener Form abrupt endete. Das musste es sein! Der Regenbogen schwang sich von weiß bis schwarz! Nur die Dunkelheit war in der Lage alle Farben zum Verschwinden zu bringen!

Ich muss sagen, dass mich ein gewisser Stolz erfüllte, als ich meine Entdeckung mit einem weiteren Quadrat am Ende des Regenbogens markierte. Gerade noch rechtzeitig, bevor Isabella die Tür öffnete.

Ich hielt ihr das Blatt hin, was sie nur mit einem kurzen Blick streifte und mir zurückgab.

„Wo sind die Antworten?"

„Ich kann es dir erklären. Es ist ganz einfach."

„Dieses Mal gibt es keine Ausreden. Der Test ist zu Ende."

Ich versuchte, ihr das Blatt mit meiner Entdeckung zurückzugeben, aber sie hatte sich schon umgedreht. Die hochhackigen roten Schuhe passten ausgezeichnet zu den enganliegenden Leggings. Ich wollte ihr ein Kompliment machen, aber die Tür fiel schon hinter ihr zu.

Nach einer Weile kam der Mann, der aussah wie ein Arzt, und fragte, ob er etwas für mich tun könne.

„Geben Sie ihr das", sagte ich und drückte ihm den zusammengefalteten Regenbogen in die Hand.

Ich weiß nicht, wie der Berufstauglichkeitstest ausgegangen wäre, wenn ich ihn bis zu Ende gemacht hätte. Nach einem Belastungs-EKG, das anscheinend keine Abnormalitäten feststellen konnte, bat ich um eine Pause, denn ich musste dringend an die Luft und etwas trinken. Sie hatten noch eine Reihe anderer Untersuchungen mit mir vor, die ich in den nächsten Tagen absolvieren sollte. Froh, den prüfenden Augen vorläufig entronnen zu sein, kaufte ich in der nächsten Dönerbude eine Flasche Budweiser und setzte mich in die Ecke. Da ich nicht als einsamer Biertrinker gelten wollte, täuschte ich Hunger vor und bestellte einen Döner.

„Mit alles?", fragte der Türke.

„Mit alles", sagte ich.

Der Döner wurde schon langsam kalt, ich trank Bier und dachte an Isabella.

„Alles gut?", fragte der Türke.

Alles gut", sagte ich. Mit zwei, drei Flaschen Bier in einer Plastiktüte machte ich mich schließlich auf den Weg ins Hotel. Dort setzte ich mich vor den Fernseher und machte mich an meinen Biervorrat. Irgendwann muss ich eingeschlafen sein.

Wie zu erwarten, verpasste ich alle Termine des nächsten Tages. Ich ging am späten Nachmittag trotzdem zum Ministerium und wartete auf sie. Als sie endlich zusammen mit einer Prozession anderer Angestellter durch das Portal kam, ging ich hinterher. Sie bewegte sich vorzüglich in ihren hochhackigen Schuhen, sodass ich Mühe hatte, ihr zu folgen. Fast alle strebten eilig der nächsten U-Bahn-Station zu und verschwanden mit ihr in der Tiefe. Gezwungen, einen kurzen Laufschritt einzulegen, kam ich atemlos an der Treppe an, die sie kurz zuvor hinuntergegangen war. Da stand sie. Sie blickte in Richtung des einfahrenden Zuges und hatte mich noch nicht gesehen.

Ich wollte sie berühren oder etwas sagen, stattdessen gab ich ihr einen Stoß. Ein dumpfer Aufprall wurde von den kreischenden Bremsen übertönt. Ich begann zu laufen.

Die drei Bahnangestellten, die etwas abseits gewartet hatten, weil sie wohl die Fahrscheine kontrollieren wollten, rannten hinter mir her. Ich kam noch bis zur Treppe.

Bevor sich alle gleichzeitig auf mich stürzen konnten, erwachte ich schweißgebadet. Ich lag neben meinem Bett und hatte wohl beim Versuch meinen Verfolgern zu entkommen das gesamte Bettzeug mit auf den Boden gerissen.

Ich brauchte einige Zeit, um mich von der Szene in der U-Bahn-Station zu lösen. Hatte ich alles nur geträumt? Ja, das hatte ich. Doch erst nach einem hastig getrunkenen Glas Wasser, wich das Kreischen der Bremsen aus meinem Ohr, um von einem hohen Piepton abgelöst zu werden. Dieser verfolgte mich den ganzen Tag, und wurde bis in den frühen Abend hinein durch grelle Stiche in der linken Schläfe bis ins Unerträgliche gesteigert.

„Tinnitus," sagte der Arzt. „Nichts Schlimmes. Folge von Stress und, in ihrem Falle, von Alkoholmissbrauch."

Er verschrieb mir ein Präparat, das aus einigen beruhigend wirkenden Pflanzen zusammengesetzt war und empfahl mir weniger zu trinken. „Und falls Sie wirklich mit dem Alkohol aufhören wollen, verschreibe ich Ihnen für alle Fälle ein angstlösendes Präparat, was auch Krampfanfällen vorbeugt."

Nichts Schlimmes! Fast hätte ich Isabella umgebracht! Ach was, ich hatte es ja nur geträumt. Aber der Schreck darüber, dass ich es hätte tun können, war mir dermaßen in die Glieder gefahren, dass ich beschloss dem Rat des Arztes zu folgen und keinen Tropfen Alkohol mehr anzurühren. Keinen Tropfen. Nie mehr!

Die Prüfungskommission ließ sich von meinen Beteuerungen nicht beirren. Sie beschloss auf Anraten des Arztes, mich in eine vierwöchige Kur zu schicken, um danach über meinen weiteren

Einsatz zu entscheiden. Ich willigte ein. Was hätte ich auch sonst tun sollen?

„Entschuldigung," sagte ich zu Isabella, die wortlos an der Sitzung teilgenommen hatte.

„Weswegen?"

Ich stammelte etwas von quietschenden Bremsen und „war aber nur ein Traum", als sie energisch ihre Hand zurückzog, die ich wohl zu lange umklammert hatte.

Schon am nächsten Tag machte ich mich auf nach Bült. Im dortigen Dominikanerkloster sollte ich die nächsten Tage verbringen, die nächsten vierzig Tage. Sie wären auf Suchterkrankte spezialisiert und böten, wenn ich den Arzt recht verstanden hatte, eine Art Therapie an, die auch in meinem Falle nützlich wäre.

Nun gut, Alkohol hin, Alkohol her, aber mein Problem war eigentlich ein anderes und auch das hatte ich dem Arzt gesagt. Ich hatte in der letzten Zeit Schmerzen, beständige Schmerzen. Das, was der Arzt Tinnitus genannt hatte, dieser unerträglich Piepton im Kopf, war nur der letzte Vorfall gewesen, denn diese Schmerzen wanderten. Mal hatte ich, wie gerade jetzt, eine kaum auszuhaltende Migräne, dann verschwand diese nach ein oder zwei Tagen, um sich als stechender Schmerz zwischen meinen Lendenwirbeln wieder zu melden, was mich verständlicherweise zum

Glas greifen ließ, denn der Alkohol vermochte, was selbst die raffiniertesten Schmerzmittel nicht schafften. Ich war für einige Stunden ausgeglichen und schmerzfrei. Tabletten vermied ich, zumal mich die Beipackzettel, das Fürchten gelehrt hatten. Was konnte nicht alles passieren? Schwindelanfälle, Magenbluten, Nierenversagen. Aber das Schlimmste war wohl die Atemnot. Wenn ich nur daran dachte, pressten sich mein Brustkorb zusammen und es war mir unmöglich frei durchzuatmen.

Blieb ich drei oder vier Tage schmerzfrei, konnte ich froh sein. Irgendwann kroch dann eine Neuralgie meine Arme hoch, die meinen ganzen Körper mit einer unspezifischen Gereiztheit überzog, die erst verflog, nachdem sie ein dumpfer Druck im Oberbauch abgelöst hatte.

Einmal hatte ich in Brasilien einen Arzt aufgesucht, das heißt, ich war einige Monate lang wöchentlich bei ihm erschienen, bis er mich einen unverbesserlichen Hypochonder genannt hatte, denn er könne beim besten Willen nicht feststellen, was mir fehle. Das war nun schon einige Jahre her und die Schmerzen waren seitdem häufiger geworden und hatten an Intensität zugenommen. Besonders plagte mich in den letzten Tagen meine rechte Fußsohle, die, sobald ich auftrat, einen grellen Stich bis in mein Rückenmark schickte. Ich musste mir wohl eine seltene Tropenkrankheit zugezogen haben, die diesen Wanderschmerz auslöste, aber wer verstand das schon?

In diesem Zustand, mit einem Piepton im Ohr und humpelnd, trat ich in das Kloster „Auf dem Bült" ein, dessen schwere Eingangstür mir von einem Männchen in weiß-schwarzer Kutte geöffnet worden war.

Der Dominikaner gab mir die Hand zum Gruß, legte dann den Zeigefinger vor den Mund und winkte mich näher heran. Kaum hörbar nuschelte er:

„Seien Sie von Herzen willkommen, Herr Wassermann, aber Bruder Friederich ist heute gestorben, ich muss zurück in die Kapelle zur Totenwache." Er hatte sich schon umgedreht und einige Schritte gemacht, als er noch einmal zurückkam und seine Begrüßungsworte ergänzte:

„Die Gäste-Klausur ist gleich hier am Ende des Ganges. Ich habe ihnen ihr Abendbrot dort abgestellt. Bis morgen zum Frühgebet." Sprach es und strebte einer Seitentür zu, die wohl zur Kapelle führen musste.

Ich zog humpelnd meinen Rollkoffer den Gang hinunter, der linksseitig den Blick in einen Innenhof freigab. Ganz am Ende, zu meiner Rechten, die mir angekündigte Tür zu Gästezimmer.

Ich hatte, bevor ich meinen Kuraufenthalt antrat, einige Bilder von klösterlichen Schlafräumen im Internet gesehen und erwartete, außer einem kargen Bettgestell und einer Gebetsbank vielleicht noch einen Krug mit Wasser anzutreffen. Aber das

Zimmerchen war ansprechend möbliert. Sogar ein Sessel stand in der Ecke und lud zum Verweilen ein. Drei Sterne, dachte ich, vielleicht sogar dreieinhalb. Nur ein schmales Fensterchen über mir, das ich noch nicht einmal auf Zehenspitzen stehend hätte erreichen können, deutete an, dass hinter dem glatten, freundlich gestrichenem Putz dicke Klostermauern eine Jahrhunderte alte Geschichte verbargen.

Auf dem Tischchen an der Wand stand ein Teller mit einer Scheibe Weißbrot und einer Flasche Mineralwasser. Ohne viel Federlesens setzte ich die Flasche an und trank sie in hastigen Zügen aus. Die Kopfschmerzen hatten zwar nachgelassen, aber mein Fuß schmerzte immer noch.

Den größten Teil der Nacht hatte ich auf der Bettkante gesessen. Ich hätte gerne ein Glas Wein getrunken, aber es gab keinen Wein. Da ich mir nicht eingestehen wollte, dass es der fehlende abendliche Schluck Alkohol war, der mich nicht einschlafen ließ, suchte ich Gründe für meine Unruhe. Die Kopfschmerzen, die sich jetzt wieder zurückgemeldet hatten, der Fuß, der jeden Augenblick wieder schmerzen konnte, oder, was mir als das Wahrscheinlichste erschien, die ungewohnte Umgebung.

An der Wand mir direkt gegenüber hing ein Bild von einem Heiligen. Es war ein Heiliger, darüber ließ der über dem Kopf des Mannes schwebende goldene Ring keinen Zweifel. Es war ein Mönch in einer schwarz-weißen Kutte. Aber wie hieß er? Selbst als ich einige heftige Stiche in der Fußsohle riskierte, um das Bild abzunehmen und auf der Rückseite nach dem Namen meines Gegenübers zu suchen, blieb meine Frage unbeantwortet.

Wie lange hatte ich dieses Bild angestarrt? Ich zählte mittlerweile die Minuten zwischen den zittrigen Schauern, die mir in immer kürzeren Abständen über den Rücken liefen. Im Medikamentenbeutel meines Koffers fand ich das Päckchen mit den mir vom Arzt verschriebenen Tabletten für alle Fälle. Ich fühlte mich sterbenselend und verzichtete darauf den Beipackzettel zu lesen. Von den klitzekleinen Tabletten würgte ich zwei hinunter, mit einiger Mühe, da ich kein Wasser mehr hatte und sie irgendwo auf halber Strecke in der Speiseröhre stecken geblieben waren. Ich schluckte und schluckte und legte mich schließlich aufs Bett. Erst jetzt konnte ich die Augen von diesem heiligen Mönch lassen, der mich bis dahin unverwandt angesehen hatte.

Ich musste nur wenige Stunden geschlafen haben. Kein Wunder, dass ich erschrak, als jemand heftig an die Tür klopfte. Durch die Fensterluke drang schon das erste Morgenlicht. Da ich in meinen Kleidern geschlafen hatte, brauchte ich nicht lange, um auf die Beine zu kommen, doch ich wahr wie benommen. Mein Fuß schmerzte nicht mehr. Ich öffnete. Vor mir stand das Männchen von gestern Abend und lächelte.

„In fünf Minuten sind wir alle zum Frühgebet in der Kapelle. Danach ist die Beerdigung von Bruder Jakobus. Wenn Sie ihm die letzte Ehre erweisen wollen, haben Sie noch Gelegenheit dazu."

Ich hätte noch fragen sollen, wo denn das Bad sei und wo es Frühstück gäbe, aber das Männchen, war schon verschwunden. Ich setzte ich mich aufs Bett, wo ich langsam zu mir kam.

Natürlich verpasste ich die Beerdigung von Bruder Jakobus. Ich war noch in die Kapelle gegangen, aber dort war niemand mehr. Auch auf den Gängen, die ich auf der Suche nach dem Speisesaal durchstreifte, hallten nur meine eigenen Schritte. Ich ging zurück zur Kapelle und setzte mich in die letzte Bank. Im Mittelgang, vor dem Altar stand noch eine Art Tisch, mit weißem Leinen überzogen, auf dem wohl der Sarg des Toten aufgebahrt worden war. Es roch nach Astern und Weihrauch. Ein mir bis dahin unbekanntes Gefühl bemächtigte sich meiner. Es war eine Art Traurigkeit, nein, eher eine gewisse Beklommenheit. Obwohl ich diesen Jakobus nicht gekannt hatte, spürte ich seine Abwesenheit, besonders wenn das weiße Laken, das manchmal, wenn sich die Flamme der Osterkerze plötzlich steil aufreckte, hell aufleuchtete.

Ich fand meine eigenen Gefühle so absonderlich, dass ich mich fragte, ob es wohl an der Zeit wäre, wieder eine Tablette zu nehmen. Da spürte ich eine Hand auf meiner Schulter.

„Kommen Sie! Das Frühstück ist fertig."

Als Externer, so nannte mich der für meine Begleitung zuständige Mönch, konnte ich am Tagesablauf der Gemeinschaft teilnehmen, oder eben nicht, ganz wie ich es wollte. Es sei ein Angebot, was sie machten. Jeder ginge seinen eigenen Weg zu Gott, manchmal, und er verscheuchte eine Fliege, die sich auf sein linkes Ohr gesetzt hatte, sei dieser Weg ein wahres Labyrinth.

Ich war bei dem Wort „Gott" innerlich zusammengezuckt und hoffte, dass er es nicht gemerkt hatte. Wie konnte man nur so einfach das Wort Gott aussprechen? Und was hatte ich damit zu tun? Ich war hier, um mich zu erholen, von meinem übertriebenen Alkoholgenuss zu erholen, gut, aber Gott? Was sollte das?

„Wie gesagt, sie sind unser Gast. Ich empfehle für die ersten Tage unseren Garten. Bruder Ambrosius wird ihnen gerne alles zeigen."

Er wies auf die sich ins Freie öffnende Tür und verabschiedete sich mit einer kurzen, nur angedeuteten Verbeugung. Ich schaffte es noch schnell nach seinem Namen zu fragen.

„Tauler," sagte er, "sie nennen mich Tauler."
Irgendwo schlug eine Glocke zum dritten Mal.

Ich durchquerte den Garten und fand ganz hinten, im Schatten eines Kirschbaumes, eine steinerne Bank. Es lief eine harzige Flüssigkeit aus einer Verletzung seiner Rinde, gerade dort, wo ich mich anlehnen wollte. Nachdem ich eine Weile aufrecht und mit steifem Rücken gesessen hatte, versuchte ich in eine bequemere Position und streckte mich auf der steinernen Unterlage aus.

Lange hatte ich nicht mehr an den Beginn meiner Zeit in Brasilien gedacht. Sie war wie weggeblasen, doch jetzt an diesem schattigen Plätzchen, fühlte ich mich an die Pension in Atibaia erinnert. Manches Mal hatte ich dort im Garten gesessen und den Eidechsen beim Fliegenfangen zugesehen. Was die alte Dame wohl machte?

Über mir raschelte es im Gezweig. Eine Amsel, wohl auf der Suche nach einer verspäteten Frucht, hüpfte von Ast zu Ast. Da ich ruhig lag, hatte sie mich wohl nicht bemerkt und kam mir bald, sich in kleinen Sätzen immer weiter nach unten vorwagend, so nahe, dass ich ihre schwarzen Äuglein ganz deutlich sehen konnte. Jetzt hatte sie mich erspäht und hob mit einem entsetzten Gezeter ab.

Die harte Bank drückte sich in meinen Rücken. War meine Lage zuerst nur unbequem, begann bald ein dumpfer Schmerz sich zwischen meinen Schulterblättern festzusetzen. Ich kann nicht sagen, dass ich diesen Schmerz genossen hätte, wie auch, aber da er eine mir selbst äußerliche Quelle hatte, eben die steinerne Bank, beunruhigte er mich nicht. Zudem erinnerte er mich daran, dass ich heute noch kein einziges Mal Stiche in der Fußsohle verspürt hatte. Auch die Kopfschmerzen waren verflogen.

Irgendwann, die Sonne war schon so tief gesunken, dass ihre schwächer gewordenen Strahlen meinen vormals schattigen Liegeplatz erreichten, kam Ambrosius. Er hatte eine Art Arbeitskittel über seine Kutte gestreift, an dem er sich jetzt die Hände abwischte, ehe er mir seine rechte Pranke entgegenhielt.

„Willkommen im Garten Eden!" sagte er und lächelte.

Trotz dieser sympathischen Begrüßung war Ambrosius alles andere als gesprächig. „Wollen Sie mir helfen?" brachte er wohl noch hervor, dann beschränkte er sich darauf zu zeigen, was er wollte. Ich erinnerte mich. „Ambrosius wird ihnen alles zeigen," hatte Tauler gesagt. Wie wahr! Der Gärtner wies auf den leeren Korb, drehte sich um und ich folgte ihm mit dem Korb in der Hand. Als er vor einem Beet stehen blieb und die Mohrrüben ausriss, die er, ohne sich umzusehen, hinter sich warf, sammelte ich sie auf und legte sie in den Korb, nicht ohne vorher das unnütze Grünzeug abgerissen zu haben. Am Ende des Beetes angekommen drehte sich Ambrosius um und nickte mir zu, als er sah, dass der Korb voll war.

Die nächsten Tage verliefen ähnlich. Tagsüber half ich im Garten oder lag auf der steinernen Bank, die ich inzwischen mit einigen übereinandergelegten Kartoffelsäcken ausgepolstert hatte. Diese hatte mir Ambrosius gleich am zweiten Tag vor die Füße geworfen und auf meinen fragenden Blick hin

Richtung Bank gezeigt und den Kopf seitlich auf seine wie zum Beten gefalteten Hände gelegt.

Eigentlich lag ich mehr auf der Bank, als dass ich etwas Nützliches tat. Hin und wieder kam Ambrosius angeschlurft, drückte mir eine Hacke in die Hand oder winkte mich von Weitem heran, um ihm beim Tragen irgendwelcher Gemüsekisten zu helfen. Mir waren diese gelegentlichen Arbeiten ganz recht, denn schon bald verspürte ich, wenn ich daran dachte, dass ich hier noch einige Wochen bleiben sollte, eine ausgesprochene Unruhe.

Abends nahm ich meine Tabletten „für den Notfall", nicht dass ich deren bedurft hätte, so fand ich, aber ich wollte ruhig schlafen und allein der Gedanke stundenlang wach in meiner kargen Kammer zu liegen, erschreckte mich. Aber ehe die Medizin ihre Wirkung tat, war ich noch lange genug wach, um im Halbdunkel der zu dieser Jahreszeit recht kurzen Nächte, auf die Wand gegenüber zu starren, von der aus mich der Mönch in der schwarz-weißen Kutte unbeweglich ansah. Sein Blick hatte etwas rätselhaftes. Es war, als ob er durch mich hindurchsah und hinter mir etwas erspäht hatte, was bei ihm ein fast unmerkliches Lächeln auslöste. Ja, der Mann lächelte und je mehr ich ihn ansah, desto grösser wurde meine Gewissheit, dass er die Lippen bewegte.

Entsetzt stand ich auf und versuchte das Bild umzudrehen. Hinten war ein vergilbtes Etikett aufgeklebt, das zu Boden fiel, als ich den Rahmen bewegte. Von Angst übermannt, etwas Wichtiges zerstört zu haben, hob ich den Papierschnitzel hastig auf und las: „Ein Mann, der mehr wissen wollte als notwendig war." Dem Satz folgten eine Zahl, 1328, unschwer als Jahreszahl auszumachen, denn ihnen ging das lateinische *anno domini* voraus.

Lange hatte ich schon über den Sinn dieses Satzes gegrübelt und mich schließlich zur Wand umgedreht. Aber auch so spürte ich das Lächeln dieses mittelalterlichen Mönches hinter mir. Erst nachdem ich eine weitere Tablette genommen hatte, fiel ich in einen traumlosen Schlaf.

Hatte mein Aufenthalt recht gemächlich begonnen, waren die nächsten Tage von einer inneren Unruhe begleitet, die ich mit Gartenarbeit bekämpfte, denn auf der Bank liegen vermochte ich nicht, ohne dass mein Herz begann, wie wahnsinnig gegen den Stein zu klopfen und bisweilen unregelmäßige Sprünge machte, die mich auffahren ließen, um Ablenkung in irgendeiner Handreichung für Ambrosius zu finden. Auch nahm ich jetzt schon morgens eine meiner Tabletten, nur eine, denn ich sah, wie mein Vorrat langsam zur Neige ging.

Ich weiß nicht, was aus meinen ramponierten Nerven geworden wäre, hätte mich nicht Bruder Tauler beiseite genommen.

„Wie geht es ihnen?" fragte er, als er mich beim Morgenkaffee, in meiner Tablettenschachtel herumfingern sah.

Ich sah zu ihm auf und las in seinen Augen, dass er um meinen Zustand wusste.

„Schlecht. Meine Tabletten gehen morgen zu Ende und ich brauche neue."

„So, so. Sie haben ja bisher tapfer durchgehalten, ohne Alkohol."

„Ja," sagte ich. „Aber ich bin nicht süchtig."

„So, so," sagte er wieder. „Aber was fehlt ihnen dann?"

„Meine Gedanken, sie kreisen in meinem Kopf herum und lassen mich nicht schlafen. Und dann ist da dieses Bild in meiner Zelle," platzte es aus mir heraus, "es bewegt sich manchmal, aber das kann doch nicht sein."

„Lass Sie uns eine Runde durch den Garten drehen, hier kann man ja nicht in Ruhe reden," und er wies auf die schweigend ihr Frühstück einnehmenden Mitbrüder.

Ich trottete hinter ihm her und war mir sicher, dass ich in den nächsten Tagen verrückt würde, wenn ich es nicht schon jetzt schon war.

„Es gibt einen Weg," sagte er, als wir an der Steinbank angekommen waren und er mich mit einer Geste zum Setzen einlud.

Und als er mein verdattertes Gesicht sah, fügte er hinzu: „Natürlich ist das kein Weg, wie dieser, den wir gerade gegangen sind. Es ist eher eine Haltung, eine Art die Dinge zu sehen."

Ich verstand kein Wort, war aber so hilflos, dass ich bereit war, alles zu glauben, wenn es nur versprach, diese an mir klebende Angst von mir zu nehmen.

„Eines haben sie ja schon gelernt, es ist das Stillsein, so hat es unser Ordensbruder Eckart genannt."

„Eckart?"

„Ja, das ist der auf dem Bild in ihrer Zelle."

„Man muss still sein, um das Wort zu hören."

Die Amsel machte sich auf dem gegenüberliegenden Beet zu schaffen, sah kurz zu uns herüber und steckte ihren Kopf erneut zwischen die angefaulten Salatblätter, bis sie schließlich einen Wurm ergattern konnte und mit ihm im Schnabel davonhüpfte.

„Das ist natürlich nicht nur akustisch gemeint. Es ist eine innere Stille, die man auch als Leere bezeichnen könnte, als innere Leere."

Wenn ich sagen würde, dass ich etwas von dem, was er mir sagte, verstanden hätte, es wäre gelogen. Doch ich lauschte auf diese merkwürdigen Worte, achtete mehr auf ihren Tonfall als auf ihren Inhalt, wenn sie denn einen hatten.

„Sehen Sie, auch diese Leere, ist nicht räumlich gemeint. Es ist vielmehr ein Freisein von allem, was uns umgibt, von den Dingen, aber auch ...", er wandte sich mit einer leichten Drehung seines Oberkörpers mir zu, ..." es ist auch ein Freisein von uns selbst."

Offenbar hatte mir Tauler schon alles gesagt, was er mir sagen wollte. Er stand auf und, als ich Anstalten machte, ihm zu folgen, hob er beschwichtigend die Arme.

„Bleiben Sie nur! Und lassen Sie uns, wenn Sie möchten, morgen unser Gespräch fortsetzen. Und wenn der Eckart sie heute Nacht wieder anlächelt, machen Sie sich nichts daraus. Es ist doch eigentlich ein gutes Zeichen, nicht wahr?"

An diesem Abend vermied ich es, den mittelalterlichen Mönch an der Wand meines Zimmers anzusehen. Stattdessen zählte ich mit dem Kopf zur Wand gedreht bis hundert, dann bis zweihundert und irgendwann, kurz nachdem ich in die Tausender kam, muss ich wohl eingeschlafen sein.

Tauler, der mich am Morgen zu einem weiteren Spaziergang in den Garten einlud, lachte, als er von meiner Einschlaftechnik hörte.

„Wenn Sie etwas Anspruchsvolleres zum Einschlafen wollen, als eine Zahlenreihe, beten Sie."

„Wie bitte?"

Wieder lachte er, so als ob er schon mit einer solchen Reaktion gerechnet hätte.

„Wenn Sie zählen, zwingen Sie ihr Gehirn auf einen bestimmten Weg. So vertreiben Sie unerwünschte Erinnerungen, Angstvorstellungen und was Sie sonst noch am Schlafen hindern könnte."

Dieses Mal, so glaubte ich, hatte ich ihn verstanden. Aber was hatte das mit dem Beten zu tun? Doch ohne, dass ich ihn fragen musste, fuhr er schon fort.

„Beten, vor allem die wiederholt vorgetragene Bitte, bringt ihre Gedanken ebenfalls in eine geordnete Bahn. Es gibt wahrhaftige Kreisgebete, wie den Rosenkranz zum Beispiel. Diese Gebete enden nie, außer wenn Sie dabei einschlafen." Wieder lachte Tauler und ich begann an seiner humorigen Art Gefallen zu finden.

„Ich weiß keins."

„Nicht einmal das Vaterunser?"

Es war mir es jetzt doch ziemlich peinlich, dass mir das Geständnis meiner fehlenden Religiosität so unverhohlen herausgerutscht war. Doch Bruder Tauler war nicht aus der Fassung zu bringen.

„Ist ja auch ziemlich lang. Wahrscheinlich würden Sie schon einschlafen, bevor Sie das Amen erreicht haben. Aber es gibt kürzere."

Für einen Moment hatte ich das Gefühl, dass Tauler sich über mich lustig machte. Aber er fing an mir eine Auswahl kurzer Nachtgebete vorzustellen, die manchmal, wir gingen immer noch Seite an Seite durch den Garten, schon nach wenigen Schritten endeten. Schließlich begann er alle möglichen Heiligen anzurufen.

„Heiliger Antonius von Padua! Ora pro nobis!

Heilige Elischa! Ora pro nobis!

Heiliger Vitus! Ora pro nobis!"

Er ergriff meinen Arm und forderte mich auf: „Sprechen Sie mit! Nur das Ora pro Nobis, den Rest mache ich." Und er zwinkerte mir zu. Ich war dermaßen überrascht, dass ich verhalten, mehr murmelnd als sprechend, in den Refrain einstimmte.

„Heiliger Benno von Meissen!"

„Ora pro nobis!"

„Heiliger ..."

„Ora pro nobis!"

„Heiliger ... „

„Ora pro nobis!"

Wir waren schon einige Male an der Gartenpforte vorbeigekommen, doch dieses Mal hielt Tauler inne.

„Sehen Sie, wir sind jetzt fortwährend im Kreis gegangen und haben unsere Bitte, dass die Heiligen für uns beten, so oft wiederholt, dass sie unmöglich überhört werden kann. Wenigstens einer von den Heiligen wird sie wohl gehört haben." Und wieder zwinkerte mir Tauler zu.

Ich musste unwillkürlich an das Bild Eckarts denken, aber ehe ich fragen konnte, ob auch dieser ein Heiliger wäre und notfalls ebenfalls um Hilfe gebeten werden könnte, war Tauler verschwunden.

In dieser Nacht hatte ich, wohl auch, weil ich zu meiner Beruhigung noch eine Tablette in Reserve hatte, keine größeren Probleme einzuschlafen. Ich traute mich sogar, meinem Gegenüber fest anzublicken, bereit jeden Augenblick sämtliche mir jetzt namentlich bekannten Heiligen anzurufen. „Ora pro nobis!", murmelte ich und schloss die Augen. Eckart lächelte unentwegt zu mir herüber.

In den nächsten Tagen versorgte mich Tauler mit allerlei Heftchen und Faltblättern, die, wohl für den gottesdienstlichen Gebrauch gedacht, neben Liedtexten und liturgischen Erläuterungen, auch Gebetstexte enthielten.

„Suchen Sie sich aus, was zu Ihnen passt."

Die meisten Texte sagten mir gar nichts oder ich fand sie dermaßen kitschig, dass ich schon nahe daran war, diese ganze Gebetstherapie, wie Tauler augenzwinkernd seinen Vorschlag genannt hatte, an den Nagel zu hängen.

Doch da stieß ich auf ein Büchlein, das Tauler vielleicht absichtlich, um mich neugierig zu machen, abseits auf das Ende der Bank gelegt hatte. Es enthielt eine Auswahl von Predigten, die ein Dominikanermönch vor vielen hundert Jahren gehalten hatte. Nun, das wäre vielleicht früher für mich eher ein Grund gewesen, das Büchlein respektierlich aber rasch beiseitezulegen. Aber der Name des Autors sprang mir gleich ins Auge, war es doch, ich darf es wohl so sagen, mein Zimmernachbar Eckart, der diese Predigten verfasst hatte. Magister Eckart, *Ausgewählte Predigten und Unterweisungen,* stand auf dem Deckblatt.

Auf den ersten Seiten stolperte ich zuweilen über die simple Art und Weise, wie Eckart eine Stelle aus der Bibel nahm und diese geduldig einem Publikum erklärte, das wohl etwas schwer von Begriff war. Doch dann nahm meine Lektüre Fahrt auf, und ich las fasziniert bis in die späten Abendstunden hinein. Erst am Morgen, erinnerte ich mich, dass ich keine Tablette genommen hatte.

Die nächsten Tage vergingen wie im Fluge. Ich drehte meine Runden im Garten, half zwischendurch Bruder Ambrosius und setzte mich manchmal in die letzte Bank der Kapelle, wo die Dominikaner ihre tägliche Messe zelebrierten oder sich zum Gebet oder Chorgesang versammelt hatten. Hätte mir Tauler nicht irgendwann gesagt, dass morgen ja leider schon mein letzter Tag sei, ich hätte wohl ewig so weiter gemacht. So aber kramte ich meine wenigen Sachen zusammen, packte meine Reisetasche und überlegte, wie ich mich bei Tauler und seinem Ordensbruder, dem schweigsamen Gärtner Ambrosius, bedanken könne. Mir fiel nichts anderes ein, als ihnen am nächsten Morgen die Hand zu schütteln und mehrmals „Danke für Alles!" zu sagen. Ambrosius legte sich seinen erdigen Zeigefinger vor die Lippen und Tauler umarmte mich lachend.

„Nehmen Sie sich das ruhig mit!"

Er reichte mir das Büchlein mit den Predigten von Eckart, das ich kurz zuvor in die Bibliothek zurückgebracht hatte. Wieder konnte ich nichts anderes sagen als „Danke. Vielen Dank!" und stieg in das Taxi, das schon seit geraumer Zeit auf mich wartete.

Zurück in Berlin stellte ich mich, wie vereinbart, zunächst meinem Arzt vor. Es war derselbe den die Prüfungskommission beauftragt hatte, meinen Gesundheitszustand zu beurteilen.

„Na, sind ihnen die Tabletten bekommen?"

Ich fingerte die zerdrückte Schachtel aus meiner Jackentasche und reichte sie ihm. Er warf einen kurzen Blick hinein und sah, dass alle Tabletten bis auf eine fehlten.

„Sie haben also nicht alle gebraucht. Ein gutes Zeichen. Und der Alkohol?"

Ich zuckte die Achseln. „Fehlt mir nicht. Obwohl ich nichts gegen ein Glas Rotwein einzuwenden hätte."

„Damit warten wir lieber noch," sagte der Arzt und begann meinen Blutdruck zu messen.

Die ganze Untersuchung dauerte weniger als zehn Minuten. Ich merkte gleich, dass er mich nicht als schweren Fall einstufte, sondern als einen der vielen, die aus irgendwelchen Gründen zeitweilig das Gleichgewicht verloren hatten und in die Maßlosigkeit abgerutscht waren. Genau dieses Wort hatte er benutzt: „Halten Sie Maß!"

Auch jetzt wusste ich wieder nicht, was ich sagen sollte. Aber der Arzt erwartete offenbar nicht, dass ich redete.

„Alles in Ordnung! Dann kann es bald wieder losgehen."

Und so kam es. Ich wurde noch nicht einmal erneut vor die Prüfungskommission geladen. Deren Präsident rief mich im Hotel an, fragte wie es mir ginge und, ohne meine Antwort abzuwarten, sagte er, dass ich wählen könne, entweder eine Gutachtertätigkeit im Ministerium, was hieße, dass ich in Berlin bliebe oder zurück nach Brasilien. Dort gäbe es inzwischen einen neuen Präsidenten und man bräuchte dringend mehr Informationen.

„Also?"

„Brasilien," sagte ich, ohne auch nur eine Sekunde zu überlegen.